हिन्द पॉकेट बुक्स

पत्थर की नाव

मन्मथनाथ गुप्त भारतीय स्वतन्त्रता संग्राम के एक प्रमुख क्रान्तिकारी तथा सिद्धहस्त लेखक थे। उन्होंने हिन्दी, अंग्रेजी तथा बांग्ला में आत्मकथात्मक, ऐतिहासिक एवं गल्प र हित्य की रचना की है। वे मात्र 13 वर्ष की आयु में ही स्वतन्त्रता संग्राम में कूद गये और जेल गये। बाद में वे हिन्दुस्तान रिपब्लिकन एसोसिएशन के सक्रिय सदस्य भी बने और 17 वर्ष की आयु में उन्होंने सन् 1925 में हुए काकोरी काण्ड में सक्रिय रूप से भाग लिया। उनकी असावधानी से ही इस काण्ड में अहमद अली नाम का एक रेल-यात्री मारा गया, जिसके कारण 4 लोगों को फाँसी की सजा मिली, जबकि मन्मथ की आयु कम होने के कारण उन्हें मात्र 14 वर्ष की सख्त सजा दी गयी।

1937 में जेल से छूटकर आए, तो फिर क्रान्तिकारी लेख लिखने लगे, जिसके कारण उन्हें 1939 में फिर सजा हुई और वे भारत के स्वतन्त्र होने से एक वर्ष पूर्व 1946 तक जेल में रहे। स्वतन्त्र भारत में वे *योजना, बाल भारती* और *आजकल* नामक हिन्दी पत्रिकाओं के सम्पादक भी रहे।

पत्थर की नाव

मन्मथनाथ गुप्त

हिन्द पॉकेट बुक्स
पेंगुइन रैंडम हाउस इम्प्रिंट

हिन्द पॉकेट बुक्स

यूएसए | कनाडा | यूके | आयरलैंड | ऑस्ट्रेलिया | सिंगापुर
न्यू ज़ीलैंड | भारत | दक्षिण अफ्रीका | चीन

हिन्द पॉकेट बुक्स, पेंगुइन रैंडम हाउस ग्रुप ऑफ़ कम्पनीज़ का हिस्सा है,
जिसका पता global.penguinrandomhouse.com पर मिलेगा

पेंगुइन रैंडम हाउस इंडिया प्रा. लि.,
चौथी मंजिल, कैपिटल टावर -1, एम जी रोड,
गुड़गांव 122 002, हरियाणा, भारत

पेंगुइन
रैंडम हाउस
इंडिया

प्रथम संस्करण हिन्द पॉकेट बुक्स द्वारा 2005 में प्रकाशित
यह संस्करण हिन्द पॉकेट बुक्स में पेंगुइन रैंडम हाउस द्वारा 2022 में प्रकाशित

10 9 8 7 6 5 4 3 2

ISBN 9789353496203

Printed at Repro India Limited

www.penguin.co.in

FSC www.fsc.org
MIX
Paper from
responsible sources
FSC® C047271

This is a legitimate digitally printed version of the book and therefore might not
have certain extra finishing on the cover.

पत्थर की नाव

सुलभा ने घर के अन्दर पिस्तौल-सी दागते हुए अपने माता-पिता से साफ कह दिया—मैं उस अधेड़ से शादी नहीं करूंगी।

पहले तो वह इंगितों और इशारों से इस शादी को इन्कार करती रही, पर जब उसने देखा कि तैयारी की गाड़ी चालू है और वह उसकी हड्डी-पसली तोड़ती हुई, बल्कि उसके अस्तित्व को ही अस्वीकार करके धड़धड़ाती चली जा रही है, तो वह खुलकर सामने आ गई। फिर भी देर तक हिम्मत का वोल्टेज कम रहा। फिर उसने मन को समझाया कि यदि मैं इस तरह शरमा-शरमी में चुप रह गई और मेरी ज़िन्दगी की एक पटरी बना दी गई तो मुझे बरबस उसी पर मालगाड़ी बनकर घिसटना पड़ेगा। वह स्कूल की अंतिम परीक्षा पास कर चुकी थी और दो साल से इस कारण घर बैठी हुई थी कि पिता-माता का कहना था कि राजीव का ही पढ़ाना मुश्किल हो रहा है, तो तुम्हें आगे कैसे पढ़ाएं?

वह पास हो गई थी और अच्छी तरह पास हुई थी। तीन नम्बर से फर्स्ट डिवीज़न में आने से रह गई थी। उसमें पढ़ने की इच्छा थी। पर मां-बाप ने पहले से ही तय कर रखा था। शायद उसी समय से कानाफूसी से बातचीत सेई जा रही थी, जो अब जाकर विवाह के प्रस्ताव के रूप में प्रस्तुत हुई थी। वह जानती

थी कि यह सब चालू है, पर यह नहीं समझती थी कि विपत्ति के बादल इतनी जल्दी बरसने को तैयार हो जाएंगे।

वह सवेरे उठी और घर के कामकाज में डूब गई, जैसाकि वह दो साल से बराबर करती आ रही थी। छोटा भाई राजीव इसी साल थर्ड डिवीज़न के दरवाज़े से कालेज में गया था। उसे बहुत मुश्किल से कालेज में जगह मिली, जबकि सुलभा को बहुत आसानी से इन्द्रप्रस्थ यहां तक कि मिराण्डा में जगह मिल सकती थी। भाई के प्रति स्नेह के बावजूद एक धक्का लगा कि मुझे पढ़ने का मौका नहीं दिया गया, जब कि राजीव को दिया गया। खर्च की बात गलत है क्योंकि मैं अब एक लड़की को पढ़ाती हूं, तब दो लड़कियों को पढ़ा लेती, यह तो महज़ ···। क्या बात है यह वह ठीक समझ नहीं पाती थी, पर वह असन्तुष्ट थी। इसी बीच पड़ोस की सहेली रजनी से पता लगा कि उसकी शादी कश्मीरी गेट की एक दुकान के मालिक बाबू हरिदयाल से तय हो चुकी है। बड़ी अजीब बात है कि जिसकी शादी है, उसको पता नहीं था और मुहल्ले-टोले वालों में ढिंढोरा हो चुका था।

रजनी ने ज़्यादा बताना नहीं चाहा था, पर धीरे-धीरे वह अपनी अनिच्छा के बावजूद सारी बात बता गई। हरिदयाल की पहली पत्नी मर चुकी थी। उसके दो बच्चे हैं, जिनमें से एक राजीव के साथ ही इसी साल कालेज में आ गया था। हरिदयाल की दुकान में इलेक्ट्रिक गुड्स बिकते हैं और चली हुई अच्छी दुकान है। रजनी ने यह भी बताया कि सुलभा के पिता रमाकान्त बाबू वहीं से अपनी ज़रूरत की सारी चीज़ें खरीदते थे और वहीं परिचय हुआ और सारी बातचीत हुई। विवाह की तारीख भी तय हो चुकी है। पर रजनी ने तारीख नहीं बताई। उसने दिखाया तो यही कि उसे तारीख मालूम है, पर असल में उसे भी तारीख मालूम नहीं थी।

पर रजनी की बातचीत से यह स्पष्ट हो गया था कि तारीख करीब है क्योंकि दोनों तरफ माल खरीदना शुरू हो गया था। सुलभा को घर लौटने पर इसका प्रमाण भी मिला था, इसीलिए वह बेचैन हो गई थी।

जीवन में अपने लिए सुलभा ने बहुत कुछ सोचा था, पर सारी आकांक्षाओं पर हड़ताल फेरकर अब यह कार्य होने ही वाला था। उसे रात-भर नींद नहीं आई थी। लग रहा था कि हाथ-पैर बांध-कर उसे एक ऐसे अंधेरे कुएं में डालने का षड्यंत्र जारी है जिसमें पानी की बजाय बिच्छू और सांप हैं।

रात-भर नींद न आने के कारण उसकी आंखें कड़वा रही थीं, फिर भी उसने ठंडे पानी के छींटे डालकर अपने को ठीक किया और घर का काम-काज करने लगी। जब राजीव कालेज के नाम पर निकल गया तब उसने सोचा कि अब मौका है मां-बाप से स्पष्ट कह दिया जाए।

उसने इसी उद्देश्य से दो-तीन बार उस कमरे की तरफ कदम रखा जहां रमाकान्त खुशी-खुशी हुक्का गुड़गुड़ा रहे थे। छुट्टी का दिन होने के कारण आज दिन-भर यही कार्यक्रम चलनेवाला था। हुक्के की गुड़गड़ाहट ने उसे आमंत्रित किया, पर सहसा हिम्मत नहीं पड़ी और वह लौट-लौट आई। उसने रजनी से कहा था कि तू ही मेरी मां से कह दे तो मेरा काम बन जाए, पर रजनी ने जीभ काटते हुए कहा था–अरे राम-राम, मैं कैसे कहूंगी! एक तो वे यह समझेंगे कि मैंने भड़काया और दूसरे वे मेरी मां से लड़ेंगे कि बेटी को बात कैसे बता दी। बताई तो किसीने नहीं पर दोष मुझ-पर आएगा।

इसलिए रजनी से कहलवाने की बात खजूर में अटककर रह गई थी। राजीव से इस सम्बन्ध में कहा जा सकता था, पर वह

बहुत छोटा था, कम से कम सुलभा को ऐसा ही लगता था। फिर आक्षरिक रूप से राजीव के स्वार्थ के लिए ही उसे हरिदयाल के हाथ बेचा जा रहा था। नाम भी कितना भोंडा है—ह-रि-द-या-ल, और काम बिजली के सामान बेचना! सुलभा की आंखों में वह बिजली की कुर्सी पर बैठानेवाले जल्लाद की तरह हो चुका था, जो तराज़ू पर रखकर गोश्त खरीदता है।

जब सुलभा तीसरी बार लौट आई तो उसकी हिम्मत पस्त हो चुकी थी, लगा था कि वह एक अंधकारपूर्ण गह्वर में, जो ज्वालामुखी का मुंह है, बड़ी तेज़ी से नीचे सरकती जा रही थी। बचने की रंच-मात्र आशा नहीं थी। चारों तरफ से लाल-लाल लपटें लार-भरी जीभ निकाल उसे ललकारकर लीलने को तैयार थीं, जैसे अजगर का बाया हुआ मुंह हो। उसे लगा कि वह भाग्य के कर्कश ऑक्टोपसी आलिंगन में बंध चुकी है और उस क्रूर आलिंगन से उसकी हड्डी-पसली चटचटाकर टूट चुकी है। सांस रुक रही है। अब कोई वाण नहीं है। गले तक पानी आ चुका है और लहरें तेज़ी से ऊपर को आ रही हैं, नाक में पानी भरने ही वाला है। उसे ऐसा लगा कि वह बेहोश हो जाएगी।

वह बैठ गई और अपनी पुस्तकों की तरफ ऐसे देखने लगी जैसे पंख टूटे हुए पराजित जटायु की ओर सीता ने देखा होगा। कितनी ही बातें एकसाथ कौंध गईं। काश, कोई ऐसा होता जो हरिदयाल से उसका उद्धार करता। कोई भी होता। पर जहां तक उसने दृष्टि की सर्चलाइट दौड़ाई, कहीं कोई माई का लाल दिखाई नहीं पड़ रहा था। वह पत्थर बन चुकी थी। कोई आकर चरणस्पर्श से ही उसका अहिल्या की तरह उद्धार करता।

उसने यंत्रचालित की तरह थोड़ा पानी पिया। कुछ शांति हुई।

अब वह कुछ सोच नहीं पा रही थी। उसी हालत में पता नहीं क्या हुआ वह एकाएक उठ खड़ी हो गई और तैयार हत्यारे की तरह रमाकान्त के कमरे में गई। मां भी वहीं पर थीं। वे कुछ कपड़े देख रहे थे। लगा, ये कपड़े कफन हैं। वह एकाएक लगभग चिल्ला-कर बोली—मैं उस अधेड़ से शादी नहीं करूंगी····।

रमाकान्त बाबू एकदम से ऐसे आतंकित और भयग्रस्त हो गये जैसे शिवलिंग पर किसी निष्ठाहीन ने विष्ठा दे मारी हो, छूटते ही बोले—किसने कहा, वह अधेड़ है?

सुलभा ने रजनी का नाम नहीं लिया। बोली—उसके तो दो बच्चे भी हैं, एक बच्चा मेरी उमर का है।—हांफते हुए उसने कहा जैसे तेज़ी से चढ़ाई पर चढ़ी रही हो।

रमाकान्त बाबू की आंखें झपक गईं और वे समझ गए कि इसे सब कुछ मालूम हो चुका है। उन्होंने मोड़ लेते हुए कहा—जिसके भाग्य में जैसा बदा है, उसकी वैसी ही शादी होती है। यह जन्म-जन्मान्तर का सम्बन्ध है, मैं तो निमित्त-मात्र हूं। तुम पहले जन्मों में भी उसीकी पत्नी रही होगी। मैंने तो बहुतेरा हाथ-पैर मारा, दो साल से दौड़ रहा हूं, कोई मिला ही नहीं, और जो मिला सो पांच हज़ार से कम बात नहीं करता। पर मैं कहां से पांच हज़ार लाऊं? मकान तो बेचने से रहा, बेच दूं तो रहूं कहां?

सुलभा ने जैसे इन बातों को सुना ही नहीं, बोली—मैं शादी नहीं करूंगी। आप यह बातचीत बंद कर दें।···

अन्तिम शब्दों में कुछ ऐसी खनक थी जैसे वह आज्ञा दे रही हो। रमाकान्त को बहुत खराब लगा क्योंकि जैसे सुलभा के जीवन के सपने थे, वैसे उनके भी कुछ सपने थे। राजीव पढ़-लिखकर आई॰ ए॰ एस॰ बनेगा। मोटरगाड़ी पों-पों करती हुई घर के सामने खड़ी होगी। सब लोग कहेंगे मिस्टर रमाकान्त, या श्री

रमाकान्त ही सही, फलाने आई०ए०एस० के बाप हैं। अब तो हरिदयाल ऐसे दिखा रहा है कि मानो लड़की लेकर कृपा कर रहा हो, पर तब पता चलेगा कि कैसे रईस से पाला पड़ा था कि वह भी धन्य हो गया। यह लड़की पता नहीं किसके सिखाने से सारे सपने चकनाचूर कर देना चाहती है। कितनी बेशरम और अनार्य है कि अपनी शादी के सम्बन्ध में इस तरह आकर बात कर रही है। पता नहीं ज़माना किधर जाएगा! हे राम, कलियुग पूरा तप रहा है। न मैंने अपने पिता से शादी के सम्बन्ध में बात की थी और न इसकी मां ने की होगी। पर यह कुलबोरिन न जाने कैसे ऐसी बातें कह रही है। नाराज़ होकर बोले—तुम्हें शरम नहीं आती कि चार अक्षर अंग्रेज़ी के पढ़ गई हो तो मेरे सामने इस तरह से बेशरमी की बातचीत कर रही हो। तुम अपनी मां से पूछ लो कि इन्होंने अपने बाप से अपनी शादी के विषय में कोई बात कही थी? जैसी शादी मां-बाप ने कर दी वैसी हो गई, फिर भी पूछ लो कि वह सुखी हुई कि नहीं।

उत्तर की प्रतीक्षा में रमाकान्त ने दो बार हुक्का गुड़गुड़ाया, पर इस बीच वह बुझ चुका था। बुझा तो शायद वह पहले से ही था, पर उसके बुझ जाने की नाराज़ी सुलभा के मत्थे डालते हुए बोले—जिसने तुम्हें भड़काया है उस रजनी से कहो कि वह कोई और खसम तुम्हारे लिए ढूंढ़ दे, पर ढूंढ़ कैसे सकती है? जो ईश्वर ने रच रखा है उसे कोई बदल सकता है? नहीं तो मैं ही न ढूंढ़ लेता।-कहकर अभ्यास के कारण हुक्का गुड़गुड़ाते हुए फिर एक बार निराश होकर अपनी पत्नी से बोले—मैंने तभी कहा था कि इसे ज़्यादा न पढ़ाओ, आठवीं तक पढ़ जाना स्त्रियों के लिए काफी है। कितना भी पढ़ाओ, स्त्री आखिर स्त्री ही रहेगी! पर तुमने उस समय कहा कि पढ़ाने से दहेज कम लगेगा, पर यहां

तो उलटा हिसाब हो गया। कहते हैं क्या आपकी लड़की बी० ए०, एम० ए० है? यानी एम० ए० हो तो जैसे दहेज न लेते, पर जिनकी लड़कियां एम० ए० हैं उन बापों से भी मैं बात कर चुका हूं। वे तो दस हज़ार से नीचे बात ही नहीं करते। तर्क यह देते हैं कि जब लड़की के पढ़ाने में इतना खर्च किया, तो इतना और खर्च कीजिए। रजनी पढ़ तो रही है, देख लेना उसकी शादी तुमसे खराब होगी। आजकल भला पैंतीस कोई उम्र होती है। अंग्रेज़ों में तो पैंतीस से पहले शादी होती ही नहीं थी।

सुलभा ने कुछ नहीं कहा और न उसकी मां रूपवती ने ही कुछ कहा। रमाकान्त ने इसका अर्थ यह लिया कि विद्रोह दब चुका है। अच्छा हुआ कि भीतर-भीतर मवाद न देकर घाव खुल गया और उसकी अच्छी तरह मरहमपट्टी कर दी गई। चिलम की तरफ निराशा के साथ घूरते हुए बोले-अरे भई, कौन बाप नहीं चाहता कि उसका दामाद अच्छा-खासा, स्वस्थ, सब तरह से सम्पन्न हो। पर जैसाकि पंडित यज्ञदत्त ने मुझे समझाया, यह सब तो ईश्वर पहले ही से तय कर रखते हैं। जन्म, मृत्यु, विवाह इन तीनों पर अपना किसीका कोई वश नहीं है। एक नहीं, हज़ार उदाहरण देख लो, सबमें यही बात मिलेगी। अपने दिल्ली के भारत-विख्यात डाक्टर अंसारी को ही लो। वह दूर-दूर तक राजाओं-महाराजाओं का इलाज करने जाते थे, उनके हाथ में शफा था, अपने रोग की दवा भी हर समय साथ रखते थे। रेल पर रोग ने धर दबाया। नर्स से कहा दवा निकालो, दवा नर्स के पर्स में ही थी पर वह मिली नहीं, मिली तब जब कि डा० अंसारी मर चुके थे। ऐसे कितने ही दृष्टान्त दे सकता हूं कि ईश्वर जो चाहता है वही होता है, उसमें कोई कुछ कर नहीं सकता। मैं मकान भी बेच दूं, तो चोर रुपये ले जाएंगे या और कोई बात हो जाएगी और शादी तुम्हारी उसीसे

होगी जिसकी बात विधना ने तुम्हारे माथे पर लिख रखी है।

रमाकान्त ने अन्तिम बात कन्या को उतना सुनाने के लिए नहीं, जितना कि उसकी मां रूपवती को सुनाने के लिए कही, जिसने यह कहा था कि मकान पर पांच हज़ार रुपया कर्ज़ ले लो, फिर राजीव जब अफसर हो जाएगा तो सारे रुपये दे दिए जाएंगे। रमाकान्त बोले–चोर ले जाएगा या शायद ऐन मौके पर कागज़ात देखते वक्त यही साबित होगा कि मकान मेरा नहीं, किसी घुरहू का घर है। ऐसा भी रोज़ ही होता है। ईश्वर की इच्छा के विरुद्ध कोई नहीं जा सकता, उनके हाथ बड़े लम्बे हैं। ऐसी-ऐसी जगह पहुंचते हैं, जहां किसीको उसके पहुंचने का अंदेशा नहीं है।—कह-कर रमाकान्त ने हाथ उठाकर ईश्वर के उद्देश्य से हुक्के को नमस्कार किया।

वे अपनी जान में षड्‍दर्शन का पूरा निचोड़ पत्नी और कन्या के सामने रख चुके थे, पर यह लड़की अभी खड़ी क्यों है। पत्नी पर गुस्सा आ रहा था कि मुहल्ले में रजनी की मां को कहा होगा, और उसने रजनी से कहा होगा, और रजनी ने इससे कहा होगा। स्त्रियों के पेट में एक बात नहीं पचती, पर इस समय यह बात कहना उचित नहीं था, क्योंकि हर हालत में रूपवती को साथ में रखना था, नहीं तो ताश के घर वाला सपना अररर-धम्म् करके हहरा-कर गिर पड़ता। घर में वे अकेले पड़ जाते। बस, इतना ही बोले–रजनी का इस घर में आना बन्द करो, वह खुद तो छिनाल है, अब इसे भी अपने रास्ते पर ले जाएगी। सुना है कालेज में उसके कई यार हैं।

सुना रमाकान्त ने कुछ भी नहीं था। यों तो पुराणों में ही हर तरह के गपोड़े हैं, जो मौके पर पेंच का काम देते हैं, पर कई बार जब उनसे भी काम नहीं बनता था, तब कल्पना का सहारा लेना

पड़ता था। यज्ञदत्त शर्मा का शिष्य होने के नाते वे जब-तब धर्म के कल्याण के लिए झूठे किस्सों की कल्पना कर लिया करते थे, और उनका इस प्रकार वर्णन करते थे मानो वे अन्तिम सत्य हों, साक्षात् भगवान से उनका इलहाम हआ हो। जोश में आकर बोले—इन कालेजों में पढ़ाई-वढ़ाई कुछ नहीं होती, बस दो ही काम होते हैं : एक इश्कबाज़ी, और दूसरा हड़ताल। सरकार इन कालेजों को बन्द क्यों नहीं कर देती, समझ में नहीं आता। अंग्रेज़ खैर इन्हें हमें भ्रष्ट करने के लिए चलाते थे, पर स्वराज्य के बाद इनकी क्या ज़रूरत है? इतने बड़े-बड़े ऋषि-मुनि, योद्धा और प्रशासक हो गए, वे कालेज में थोड़े ही पढ़े थे!

कहकर निराशा के साथ फिर एक बार हुक्के की तरफ देखा। रूपवती अब तक सारी बातें चुपचाप सुन रही थी। यद्यपि उसे लग रहा था कि बेटी को संबोधित करके कही जाने पर भी बहुत-सी बातें उसीको टीपकर कही जा रही थीं। उन तीरों की नोकें उसे चुभ रही थी, क्योंकि बात करने का कोई माकूल मौका नहीं था। पर अब उससे रहा नहीं गया। बोली—कालेज न होंगे तो कोई आई॰ ए॰ एस॰ कैसे होगा?

रमाकान्त समझ गए कि सीधे चोट उन्हींपर है। झल्लाकर बोले—आई॰ ए॰ एस॰ की ज़रूरत क्या है। राम अपना राज्य कितना अच्छा चलाते थे कि राम-राज्य ही हमारा आदर्श रखा गया है, वे कौन-से आई॰ सी॰ एस॰ या आई॰ ए॰ एस॰ थे? रामराज्य में कितने आई॰ ए॰ एस॰ थे?

रमाकान्त की इस चुनौती का किसीने उत्तर नहीं दिया क्योंकि दोनों जानते थे कि उनसे तर्क करना व्यर्थ है। वे जो कुछ भी कहते थे, उसके सम्बन्ध में वे चाहते थे कि लोग उसे वेदवाक्य समझ-मान लें और उसमें किसी तरह का मीनमेख न निकालें।

जब दोनों ने कोई उत्तर नहीं दिया, तो वे समझ गए कि उनकी विजय हो गई। बोले—न तो तुम रजनी के घर में जाओ, न रजनी को यहां आने की कोई ज़रूरत है। अब तम्हें ऐसा चलना चाहिए कि कोई किसी तरह उंगली न उठा सके। नहीं तो लगी-लगाई शादी बिगड़ते कुछ देर नहीं लगती।

सुलभा के मन में इच्छा हुई कि वह कहे कि अभी तो आप कह रहे थे कि जन्म-जन्मान्तर का सम्बन्ध है, टूट नहीं सकता, और अभी आप बिलकुल दूसरी ही बात कर रहे हैं कि रजनी से मिलने पर वह टूट जाएगा, पर उसने ओठ तक आई हुई बात बीच ही में रोक दी, कुछ नहीं बोली और वहां से निकल गई।

यह तो स्पष्ट था कि रमाकान्त बाबू कुछ सुननेवाले नहीं थे। बड़ी ही विकट परिस्थिति थी। मां इस विवाह के पक्ष में नहीं थी। वह कई बार क्षीण प्रतिवाद भी कर चुकी थी, पर उसकी कौन सुनता था! रमाकान्त बाबू समझते थे कि सारे संसार का ज्ञान उनमें और उनके गुरु यज्ञदत्त शर्मा में बंटा हुआ है।

सुलभा रजनी से जाकर परामर्श कर सकती थी, पर उसके यहां जाना तो मना हो गया था और वह भी परामर्श क्या दे सकती थी। अभी रजनी की पढ़ाई जारी थी, उसके मां-बाप ज़रा अधिक सम्पन्न थे, पर आगे चलकर क्या होना था, क्या पता? रजनी की कुछ बातों से उसे यह पता लग चुका था कि उसके घर में भी परिस्थिति कुछ बहुत अच्छी नहीं है। वे एकदम रजनी को पानी में डालना नहीं चाहते थे, पर बेटी की शादी से वे भी समाज की सीढ़ी पर ऊपर उठना चाहते थे। सुलभा का ऐसा ख्याल बन गया था कि सभी पिता-माता ऐसा ही चाहते हैं।

वह अपने कमरे में लौटकर सोच ही रही थी कि क्या करना चाहिए, इतने में उसे आहट मिली कि पिताजी इधर आ रहे हैं।

वह सिमट-सिकुड़ गई क्योंकि वह जानती थी कि वे किसी अच्छे उद्देश्य से नहीं आ रहे हैं। सम्भव है कमरे की तलाशी लेने या ऐसी कोई बात करने के लिए आ रहे हों। वह सिकुड़कर योंही एक किताब लेकर देखने लगी। वह आघात के लिए तैयार हो चुकी थी।

रमाकान्त ने पीछे से कहा–मैं कहना भूल गया, आज से तुम्हें ट्यूशन में जाने की ज़रूरत नहीं है। मैं हिसाब करके पैसे ले आऊंगा।

कहकर वे जिस प्रकार से आए थे, उसी प्रकार से चले गए। उनकी चप्पलों की चटर-पटर अजगर के पीछे हटने की तरह अपने पीछे के सारे क्षेत्र में एक गन्दगी और उबकाई छोड़ गई।

तो सारे दरवाज़े बंद हो गए। उनपर कुण्डी चढ़ गई और ताला जड़ दिया गया। मुक्ति का कोई भी मार्ग नहीं रहा। वह किसीसे बात नहीं कर सकती थी। किसीसे सलाह नहीं ले सकती थी। सारी सांसें बन्द कर दी गई हैं। उसकी चीख कहीं पहुंच नहीं सकती। उसकी तरफ कोई अपने सहारे का हाथ बढ़ा नहीं सकता। इसी असहाय अवस्था में उसकी शादी हो जाएगी, जन्म-जन्मान्तर का सम्बन्ध सार्थक होगा। शास्त्रों के वाक्य और विधना ने उसके माथे पर जो कुछ लिख रखा है, वे चरितार्थ होंगे। इच्छा हुई कि वह डाढ़ मारकर रोए, बहुत ज़ोर-ज़ोर से रोए, पर वह रो नहीं सकी।

किसीने उसका गला पकड़ लिया कि रोई तो खोई, पर उसकी समझ में नहीं आया कि वह करे क्या? पिता रमाकान्त की आवाज़ सुनाई पड़ रही थी। वाक्य पकड़ में नहीं आ रहे थे, पर उसे विश्वास था कि वे शादी की तैयारी के सम्बन्ध में ही सात दिन से रखे हुए नौकर गंगा को कुछ आज्ञा दे रहे थे। उसे ऐसा लगा कि उसके

स्नायु पटपटा करके तड़क रहे हैं, पर कुछ कर नहीं सकती थी। वह विशाल विश्व में पंख पसारकर उड़ना चाहती थी। शिक्षा ने उसे ये पंख दिए थे, पर अब तो उसके सारे पंख नोचे जा चुके थे। अब वह केवल एक मांस का लोथड़ा-मात्र रह गई थी जिसे सुन्दर साड़ी में लपेटकर गाजे-बाजे के साथ उसके जन्म-जन्मान्तर के साथी को सौंपा जानेवाला था। यही धर्म की आज्ञा थी, यही शास्त्र का विधान था और यही पिता का आदेश था, जिसे मानकर राम चौदह वर्ष वन में जाकर चिरकाल के लिए आदर्श और अवतार बन गए थे। हाय, वह अकेली थी और उसके विरुद्ध सब तरह के शास्त्र और शास्त्रों से सुसज्जित और लैस समाज था, जिसमें किसी तरह का रहम नहीं था, जिसके विरुद्ध उंगली उठाना अधर्म माना जाता था—और वह लफ़्ज़ छिनाल! पता नहीं ऐसे कितने पैने और सीने के आर-पार जानेवाले शब्द उसके तरकश में थे जिनके सामने घुटना टेकने के अलावा कोई चारा नहीं था।

2

रूपवती ने रोज़ की तरह सवेरे उठकर बहुत-सा काम-काज कर लिया और इसके बाद पति को चिलम भरकर जगा दिया, और फिर बच्चों के कमरे में गई, तो आंखों पर अंधेरा छा गया, पर तुरन्त ही अपने को समझाया कि सुलभा बाथरूम में होगी, पर वहां गई तो वह बिलकुल खुला पड़ा था। तब उसने राजीव को जगाया। यों राजीव घंटों चिल्लाने पर उठता था, पर पता नहीं क्यों उसे मां की आवाज़ से परिस्थिति की भीषणता का पता हो गया। वह दो ही आवाज़ में उठ बैठा। आवाज़ में ही शायद ऐसा कोई तत्त्व था कि

उधर से रमाकान्त बाबू भी कुछ समझकर दौड़े आए।

तीनों एकसाथ समझ गए कि क्या बात है, तीनों नहीं बल्कि दोनों, क्योंकि रूपवती पहले ही समझ गई थी। सबके चेहरों पर आतंक था। इस पहले धक्के के बाद रमाकान्त ने राजीव से पूछा—सुलभा कहां गई?

किसीको उसका कुछ पता नहीं था। इसलिए रमाकान्त बाबू ने स्वयं ही उत्तर दिया–कहां गई होगी, रजनी के घर गई होगी। राजीव, तुम जाओ, फौरन उसे ले आओ, जब मैंने उसे कहीं जाने से मना किया तो वह कैसे चली गई?

राजीव मौका पाकर जल्दी से खिसक गया, तब रमाकान्त बाबू अपनी पत्नी की ओर मुड़कर बोले–कहीं तुमने उसको जाने को तो नहीं कह दिया, मुझे मालूम है कि तुम इस शादी से प्रसन्न नहीं हो।

रूपवती का चेहरा काला पड़ गया था और बेटी के गायब होने पर उसे बेटी की उतनी फिक्र नहीं थी, जितनी कि अपनी फिक्र थी, क्योंकि वह जानती थी कि सारा दोष उसी पर मढ़ा जाने वाला है। बोली–मुझे कुछ नहीं मालूम। तुम व्यर्थ में जब देखो तब मुझ ही को कहा करते हो।

अन्तिम वाक्य उसने महज़ अपने प्राण बचाने के लिए कहा ताकि और हमला न हो। बोली–भला अपनी बेटी को कोई भागने की सलाह देता है?

रमाकान्त बोले—कलियुग है, सब कुछ हो सकता है। इसी दिल्ली में ऐसे लोग हैं जो अपनी बीवी से पेशा कराते हैं, जो कुछ हो जाए, वह थोड़ा ही है।

दोष तो वह अपनी पत्नी पर लगा रहे थे पर भीतर से वह डर भी रहे थे कि कहीं सुलभा नहीं मिली तो बना-बनाया काम

बिगड़ न जाए और उन्हें रुपये उगल न देने पड़ें। उगलना भी मुश्किल था क्योंकि बहुत-सा रुपया खर्च हो चुका था। इस मौके से उन्होंने अपने भी कई शौक पूरे कर लिए थे। सनातन धर्म के महान प्रतिपादक होने पर भी वर्षों से उनकी यह तमन्ना थी कि अपने लिए एक कीमती गरम सूट सिलवाएं जैसे अफसर लोग पहनते हैं; वह उसे सिलने भी दे चुके थे। पर किसीको नहीं बताया था। इसी तरह और भी कई बातें की थीं और सबसे बड़ी बात थी बदनामी। यदि ऐसा पता होता ....

उसी समय राजीव लौट आया, उसने कहा—दीदी वहां नहीं है।

सुनकर रमाकान्त के पैरों के नीचे से धरती निकल गई। हुक्का गुड़गुड़ाते हुए जो जासूसी उपन्यास वह पढ़ा करते थे, उसके अनुसार सारी बुराई के जड़ के रूप में कोई मनचला युवक होना चाहिए था, जो रंगमंच पर आता, क्योंकि ऐसे युवकों की सहायता के बिना जासूसी उपन्यास के लेखक बहू-बेटी के भागने की घटना का चित्रण नहीं करते। अवश्य कोई युवक होगा, जिसने सुलभा को बहुत तरह के सब्ज़बाग दिखाए होंगे : मैं तुम्हें बम्बई में नौकरी दिला दूंगा, मैं तुम्हें ऐक्ट्रेस बना दूंगा, मैं तुमसे शादी करूंगा। और अंत में वह उसे किसी बुर्दाफरोश के हाथ बेच देगा। नाराज़ होकर बोले—कोई छोकरा मेरी गैरहाज़री में घर में आता था?

राजीव और रूपवती ने एकसाथ कहा—कोई नहीं आता था।

रमाकान्त ने प्रश्न यों ही पूछा था, उसके सदुत्तर की आशा नहीं थी। वह घबड़ाकर खुद ही चिलम भरने लगे जैसा कि वह कभी नहीं करते थे। रूपवती ने हाथ से चिलम लेना चाहा, पर उन्होंने हाथ झटक दिया और चिलम भरकर राजीव को पास बुलाकर बोले—किसीसे कहना मत, जैसे रोज़ स्कूल जाते थे उसी तरह

जाओ।

पर साथ ही उन्हें याद आया कि रजनी के घर तो यह पता लग ही गया कि सुलभा नहीं मिल रही है, इसलिए उन्होंने हुक्का गुड़गुड़ाने के बाद बहुत सोचकर एक नाटक खेला। वह चिल्ला-चिल्लाकर, ताकि रजनी के घर के सब लोग सुन लें, लाठी फटकारते हुए बोले—तेरी इतनी मजाल कि तूने बाथरूम बंद कर लिया था और सब लोग खोज रहे थे , मैं जानता हूं कि तेरी सारी बदमाशी इस पड़ोस में रहने के कारण है। चल, तुझे अभी तेरे मामा के यहां छोड़ आता हूं, वहां से तुझे उसी दिन लाऊंगा जिस दिन तेरी शादी होगी—कहकर उन्होंने आवाज़ बदलते हुए कहा—सुलभा की मां, तुम इसे पड़ोस की किसी लड़की से मिलने मत दो। मैं अभी इसे ननिहाल पहुंचा देता हूं। और घरों में छिनालपन भले ही चल जाय पर हमारे यहां यह सब नहीं चलने का।

रूपवती यह समझ गई कि इस डांट-फटकार का उद्देश्य क्या है, एक हद तक इसके उद्देश्य से सहमत होते हुए भी वह सन्तुष्ट नहीं हुई, क्योंकि उसे इस वक्त सुलभा की चिन्ता हो रही थी। दिखावे की चिन्ता उतनी नहीं थी। मां के हृदय को यही लग रहा था कि लड़की ने सब तरफ से निराश होकर यमुना में छलांग लगा दी। वह सुलभा की शादी के मामले में पति से लोहा नहीं ले सकी थी, पर अब जब कि उसे लग रहा था कि सुलभा इस समय यमुना की तह में होगी, उसे पति का इस प्रकार नाटकीय ढंग से डांट-फटकार करना और हवा में लाठी मारना बहुत ही घृणित मालूम हुआ। उसे लगा कि मैंने इतने वर्ष तक इस हृदयहीन दानव के साथ गृहस्थी की है, मैं इसके साथ सोती रही, यह बहुत ही आश्चर्य की बात है। इसे बेटी की जान की नहीं पड़ी है, अपनी कथित इज़्ज़त की पड़ी है। इज़्ज़त क्या खाक है, जबकि दुआह से बेटी की शादी कराई

जा रही थी। पैंतीस नहीं उसकी उम्र पैंतालीस होगी। अब तो खैर शादी का कोई प्रश्न ही नहीं उठता।

वह अलग जाकर रोने लगी। यह अजीब परिस्थिति थी कि मारते हैं और रोने नहीं देते। राजीव उस कमरे में आया, पर क्या बोले यह उसकी समझ में नहीं आया। वह कुछ-कुछ तो समझ रहा था पर पूरी बात नहीं समझ रहा था। इतना मालूम था कि कश्मीरी गेट की एक बड़ी दूकान के मालिक से सुलभा की शादी होने वाली थी। उसे इसमें कोई बुराई नहीं मालूम देती थी। यह पता नहीं लग रहा था कि आखिर किस बात पर झगड़ा है। वह दूर से उस व्यक्ति को देख भी आया था जिससे सुलभा की शादी होने वाली थी। आदमी कुछ बुरा नहीं था पर शायद कुछ अधिक गम्भीर था। उसने यह योजना बनाई थी कि यह शादी हो जाए तो वह कान में लगाने वाला रेडियो सेट बनाएगा, जिसकी उच्चाकांक्षा उसे बहुत दिनों से थी, पर सामग्री न मिल पाने के कारण वह उसे कार्यरूप में परिणत नहीं कर पा रहा था।

उसे बहुत बुरा लग रहा था। सुलभा जाने कहां गई। कल रात में वह बहुत गंभीर थी। उसने उससे कोई बातचीत नहीं की थी और पुस्तकों को छूआ भी नहीं था। यों ही आकर सो गई थी। मां क्यों रो रही है? पिताजी मुहल्ले वालों को सुना-सुनाकर गालियां क्यों दे रहे थे? रजनी दीदी तो बहुत ही अच्छी हैं, उससे बहुत प्रेम से बोलती है, पर उसे ऐसा लगा कि पिताजी जो गालियां दे रहे थे, उनकी ढाल उसीपर है। यह 'छिनालपन' क्या बला है? सुना तो यह शब्द बहुत बार है, पर इसका सही मतलब मालूम नहीं। पर लगता है, यह बहुत बुरा शब्द है।

रमाकान्त बाबू हुक्का गुड़गुड़ाते रहे। यद्यपि वह अभी-अभी सारे मुहल्ले वालों को डांट-फटकार रहे थे और रूपवत्ती उन्हीं के कारण

रो रही थी और राजीव कटे पतंग की तरह चक्कर खा रहा था। पर रमाकान्त बाबू शायद मन ही मन इन सबसे ज़्यादा डरे हुए थे। हुक्का उन्हें हमेशा साहस, बुद्धि और बल प्रदान करता था, हुक्के की गुड़गुड़ाहट के साये में उन्होंने जीवन की कितनी ही गत्थियां सुलझाई थीं, कितनी ही विकट परिस्थितियों से लोहा लिया था। पर आज हर कश के साथ उनका हृदय सिमट रहा था और दिमाग अधिक खाली होता जा रहा था। आशा यह थी कि अभी-अभी सुलभा आएगी और आकर कहेगी कि मैं अपनी छात्रा से मिलने चली गई थी, पर वह एसे ही कोई बात कहेगी और फिर एक बार ज़िन्दगी की हरियाली मुस्कराएगी, सपने खिलेंगे और सबके सामने सीना तानकर चलने का मौका मिलेगा। सबसे बड़ी बात यह होगी कि हरिदयाल को रुपये लौटाने नहीं पड़ेंगे, बल्कि और रुपये आएंगे। यह मूर्ख औरत जो इस समय व्यर्थ में रो रही है, तब समझेगी कि किसी ज्ञानी से पाला पड़ा था, जो अपने छोटे दायरे में (हे ईश्वर तू मुझे क्षमा कर) त्रिकालदर्शी है। वह बार-बार हुक्का गुड़गुड़ाते हुए दरवाज़े की तरफ देख रहे थे, पर कुछ नहीं हुआ।

पड़ोस के लोग रमाकान्त बाबू की चिल्ला-चिल्ली से चौकन्ने हो गये थे, पर वे भी हारकर अपने-अपने काम में लग गये थे। जंगले खुले रह गये पर उनसे किसीको झांकने की फुरसत नहीं थी। उन्हें विश्वास था कि कुछ होगा तो पता लगेगा।

3

सुलभा घर से आवेश में निकल तो पड़ी थी, पर उसकी समझ में यह नहीं आ रहा था कि कहां जाए, क्या करे। कुछ सोचकर वह

नहीं निकली थी। बस एक ही विचार उसके दिमाग में सर्वोपरि हावी हो रहा था कि यह शादी नहीं करनी है और घर में रही तो शादी होकर रहेगी। राजीव तो बच्चा है, वह क्या कर सकता था, पर मां भी खुलकर सामने नहीं आई। मां को यह शादी पसन्द नहीं है और उससे सहानुभूति है, पर वह तो महज़ एक डिब्बा थी जो इंजन के बिना चल नहीं सकती थी, नई पटरी का निमंत्रण स्वीकार नहीं कर सकती थी।

रातभर वह करवटें बदलती रही और जब थाने में टन्-टन् करके तीन बजे तो उसने देखा अभी बहुत अंधेरा था। पर यहां से छुट्टी पाने के लिए अंधेरा ही उसके लिए ठीक था। उसने भाई की तरफ देखा, वह बेहोश होकर सो रहा था। पता नहीं क्यों उसे अपनी पुस्तकों में पढ़ी हुई गौतम बुद्ध की कहानी याद आई, जो इसी प्रकार रात के पर्दे में अपनी पत्नी, अपना बच्चा और घर छोड़कर चले गए थे। इस कहानी को उसने बार-बार पढ़ा था और छठे दर्जे में पढ़ने वाली छात्रा को भी पढ़ाया था। गौतम को तो सब लोगों ने सराहा है, उनपर काव्य और जाने क्या-क्या लिखा गया है। उन्होंने भागकर तलवार से केश काटे। यह दृश्य भी उसके हृदय पर बिलकुल टंका हुआ था। पुरुषों ने जब-जब घर-द्वार छोड़ा,किसी लक्ष्य के लिए, तब-तब उनकी ख्याति का परचम दूर-दूर तक चमका और उनकी सराहना की गई, पर सारे संसार के इतिहास में एक भी ऐसी स्त्री नहीं हुई जिसने घर छोड़ा हो किसी उद्देश्य के लिए और उसकी बदनामी न हुई हो। यहां तक कि मीरा भी अपने समय में बदनामी की गूंज से दामन न बचा सकी।

जल्दी-जल्दी यह विचार सुलभा के दिमाग में बह गए। उसे भविष्य बिलकुल दिखाई नहीं पड़ा, इतना अंधकारमय लगा, पर उसे साथ ही वर्तमान इतना असहनीय मालूम हुआ कि वह निकल पड़ी बिना विशेष कुछ सोचे-समझे। जब वह घर से बाहर निकल गई

तो सहसा जिस तरह घड़ी का पेण्डुलम आगे जाकर फिर पीछे की ओर लटकता है, उसी तरह कुछ कदम चलकर पीछे हटने की प्रवृत्ति हुई। वह एक क्षण के लिए भले ही ठिठकी हो, पर आगे बढ़ती गई, बढ़ती गई, बढ़ती गई। अजीब बात है कि रोज़ कितनी ही सहेलियां बहुत प्यारी लगती थीं, पर आज लगा कि कोई सहेली उसे सहायता नहीं दे सकती। सभी चौंकेंगी, घबड़ाएंगी, बौखलाएंगी। फिर कोई मुसीबत खड़ी होगी। जाकर ज़बर्दस्ती रमाकान्त बाबू को खबर करेंगी। पकड़ा-धकड़ी शायद····पुलिस और पुलिस की ज़रूरत क्या है, असहाय स्त्री के लिए तो हर राहगीर पुलिस है।

फिर भी वह आगे बढ़ती गई, इतना ही वह जानती थी कि वह शहर की ओर स्टेशन की तरफ जा रही है, न कि शहर के बाहर। वह कश्मीरी गेट की तरफ जा रही थी। तो क्या वह····? कभी कश्मीरी गेट बहुत अच्छा लगता था क्योंकि उधर ही से होकर नई दिल्ली जाना होता था, पर अब कश्मीरी गेट के साथ एक अप्रिय स्मृति संयुक्त हो गई थी। यदि वह आदमी जिसकी एक कल्पना उस-के दिमाग में तन गई थी, न होता तो उसे कश्मीरी गेट अब भी अच्छा लगता। वह आदमी लम्बा-तड़ंगा, सांवला-सूखा, नीरस यानी केवल पैसे के रस को पहचानने वाला, बहुत कुछ रमाकान्त की तरह, पर उतना परिचित नहीं। उस आदमी ने बल्कि उसकी पत्नी ने समय से पहले मरकर उसका जीवन व्यर्थ कर दिया, नहीं तो जैसे जीवन चल रहा था, चलता जाता। कोई अच्छा जीवन नहीं था, पर किरणों के लिए सांस तो मुक्त थी, पर अब तो ऐसे था कि लोहा लगाकर उसपर सीमेंट जमाकर सारी दरारें बन्द कर दी जा रही थीं, बावन तालों के अन्दर। इसीलिए वह उससे दूर भाग रही थी।

स्मरण हो आया कि वह व्यर्थ में ठिठक और डर रही है, उस आदमी ने तो उसे देखा भी नहीं है। कम से कम उसने तो उस आदमी

को नहीं देखा। फिर यदि मुठभेड़ हो ही गई तो पता कैसे लगेगा। यदि उसे किसी तरह रमाकान्त ने दिखा भी दिया हो, तो वह आदमी यह कैसे जानेगा कि वह भाग रही है। उसने कदम तेज़ कर दिए।

पर कुछ देर चलकर उसे ख्याल आया कि सीधे रास्ते नहीं चलना चाहिए क्योंकि अब कुछ-कुछ उजाला हो चुका है, यदि उसका भागना खुल गया तो अभी रमाकान्त दौड़ेंगे, राजीव साइकिल पर चलेगा और सब इसी राजमार्ग पर आएंगे।

उसने बाईं तरफ मोड़ ले लिया और फिर दाहिनी तरफ। यद्यपि उसने ऐसा किया पर उसके मन के रेडार पर यही छाया पड़ रही थी कि सब व्यर्थ है। आखिर इस तरह गलियों में समाने से क्या होगा। कहीं तो रुकना पड़ेगा और रुकी तो कहां रुकेगी? तंग सड़कों और बड़े-बड़े मकानों, से सूर्य की किरणें तो नहीं कहना चाहिए क्योंकि अभी सूर्योदय नहीं हुआ था, सूर्य की आभा बाधाग्रस्त होर ही थी। फिर भी वह समझ गई कि सवेरा होने ही वाला है, जिसके आईने में सब कुछ बहुत स्पष्ट दिखाई देगा कि एक लड़की जो रात भर नहीं सोई है, चली जा रही है, बिना कारण।

उसने देखा और उसे याद हो आया कि यह कुमारी सिलविया का मकान है। सुना है कि उसने अपने तरह-तरह के पदों और प्रभावों का फायदा उठाकर बहुत-सी हिन्दू और मुसलमान लड़कियों को ईसाई बनाया है। सुना था कि कोई लड़की किसी युवक के साथ भाग गई थी पर युवक ने उसे छोड़ दिया, तब वह लौटकर घर आई तो घर वालों ने उसे लेने से इन्कार किया और कहा–तुम तो हम लोगों के लिए मर चुकी हो। हमारे यहां तुम्हारे लिए कोई स्थान नहीं है।

तब वह मिस सिलविया के यहां गई थी, फिर उसका पता नहीं लगा। लोगों का ख्याल है कि उसे ईसाई बनाकर केरल या आन्ध्र में भेज दिया गया। पता नहीं यह कहानी इस समय क्यों याद आई।

उसे तो ईसाई नहीं बनना है। पर? पर वह क्या करे? अब सूर्य की किरणें मकानों की छतों पर पहुंच चुकी थीं और जल्दी ही गलियों पर हावी हो जाने का डर दिखा रही थीं।

सुलभा ने जल्दी से मिस सिलविया के बंगले के अहाते में प्रवेश किया। हां, यह उन्हींकी कोठी थी, उसके मन में मिस सिलविया का जो चित्र था वह कश्मीरी गेट के उस आदमी के चित्र से कुछ ही कम विकर्षक था। वह अहाते में फूलों और पौधों को देखने लगी। असल में मन कह रहा था कि मिस सिलविया से भला क्यों मिलना है। वह इसी प्रकार सोच रही थी कि चालीस या उससे कुछ अधिक उम्र की एक भारतीय मेम उसके सामने आ गई। दोनों में दृष्टि-विनिमय हुआ।

सुलभा ने चोर न समझी जाने के लिए कहा-मैं मिस सिलविया से मिलना चाहती हूं।

उधर से उत्तर मिला, पर अब की बार दृष्टि बहुत साधारण न होकर बहुत तीखी थी। वह जैसे सीरिंज से मन का रक्त खींचती हुई बोली—मैं ही सिलविया हूं, तुम्हें क्या चाहिए, तुम कौन हो?

तब सुलभा ने एक सांस में अपनी लड़खड़ाती हुई अंग्रेज़ी में सारी परिस्थितियों की आंतों को खोलकर रख दिया। अंत में बोली—मुझे आप ईसाइन बना लें, कुछ भी कर लें। पर मैं लौटना नहीं चाहती।–कहकर वह सिलविया के पैरों पर गिरप ड़ना चाहती थी, पर यह समझकर कि शायद ईसाइयों में यह तरीका ठीक न समझा जाए, वह वहां खड़ी रह गई।

मिस सिलविया हंसी। शायद अपनी ख्याति की बात याद कर, कम-से-कम सुलभा को ऐसा ही लगा। एक बार पैर पीछे को हुए कि कहां मैं जब चली थी तो बुद्ध और चैतन्य की बात सोच रही थी और अब मैं यह क्या करने जा रही हूं। हिन्दू धर्म के जन्म-जन्मान्तर के

सम्बन्ध वाले भौंड़े सिद्धान्त से बचने के लिए मैं और भी भौंड़ा कार्य करने जा रही हूं। न मैंने ईसाई धर्म का अध्ययन किया, न मुझमें ईसाई होने की इच्छा पैदा हुई और मैं ईसाई बनने जा रही हूं। मेरा यह कदम कहां तक सही है? क्यों न मैं घर लौट जाऊं, और पिताजी से कहूं–और जो चाहे कीजिए, शादी न कीजिए। मैं ट्यूशन करूंगी, अपना सारा खर्च उठाऊंगी।

उसने शायद एक कदम पीछे की ओर भी किया, पर तुरन्त ही ख्याल आया और आंखों के सामने धुंध छा गई कि रमाकान्त कभी नहीं मानेंगे। उसने कहा–मैं लौटना नहीं चाहती।

मिस सिलविया के हाथ में बागवानी के कुछ औज़ार थे, यह पहली बार सुलभा को दिखाई पड़ा। मिस सिलविया ने इसका उत्तर नहीं दिया, बोली–तुम्हें बागवानी का शौक है?

सुलभा इस प्रश्न से कुछ आश्वस्त हुई। उसे यह डर था कि मिस फौरन ही उससे ईसाई होने के लिए कहेगी या कहेगी गाय का गोश्त खाओ। इसलिए वह इस प्रश्न से खुश हुई, यद्यपि इस प्रश्न का उसकी परिस्थितियों से कोई सम्बन्ध नहीं था। वह मिस सिलविया के बाग की ओर देखती बोली—मेरे घर में बाग के लिए कोई जगह नहीं थी।

—गमले भी नहीं हैं?

—नहीं। पिताजी को फूलों का शौक नहीं है।

मिस सिलविया ने बागवानी के औज़ार ज़मीन पर रख दिए और बोली–मैंने तो सुना है हिन्दुओं के हर घर में तुलसी का एक पेड़ होता है। तुलसी के पेड़ के साथ-साथ और भी पौधे आते होंगे।

मिस सिलविया भीतर ही भीतर कुछ सोच रही थी, बोली–तुम भीतर चलो, कुछ खा-पीलो, शायद तुम्हें नींद की भी ज़रूरत हो ̈

कहकर मिस सिलविया ने ताली बजाई और फौरन एक नौकर जिसे देखते ही मालूम होता था कि यह मुसलमान है,प्रकट हुआ। मिस

सिलविया ने उससे कहा-जाओ इन्हें गुसलखाना दिखा दो और इनके लिए नाश्ता रखो। मैं गुलदान के लिए फूल लेकर आती हूं।

नौकर ने सुलभा को ध्यान से देखा, सुलभा उसके पीछे-पीछे चली। उसके मन में यह विचार आया कि जब यह व्यक्ति यहां नौकरी करके भी मुसलमान बना रह सकता है, तो मैं क्यों अपना धर्म दे दूं? क्या मिस सिलविया मुझे कोई ऐसी नौकरी नहीं दे सकतीं जिससे मैं काम तो करूं, पर मुझपर और कोई पाबन्दी न हो।

वह गुसलखाने में गई और मुंह-हाथ धोकर बाहर आई तो नौकर खड़ा था। उसने रास्ता दिखाया और वह नाश्ते के कमरे में पहुंच गई। सब चीज़ें मेज़ पर आ गई थीं। पता नहीं कौन-कौन चीज़ें। उसे अच्छा लगा, पर साथ ही यह याद कर वह सिकड़ गई कि इन सबका दाम उसे धर्म से चुकाना पड़ेगा। मुंह-हाथ धोने से जो ताज़गी आ गई थी वह जाती रही। इच्छा हुई कि कमरे से सीधा निकल जाय और और घर में ही जाकर रुके। पर घर में उसका स्थान कब था? वे तो उसके हाथ-पैर बांधकर मुंह में कपड़ा ठूंसकर उस आदमी के सुपुर्द करने वाले थे—वह आदमी लम्बा-तड़ंगा, सांवला, सूखा, नीरस यानी केवल पैसे के रस को पहचानने वाला, बहुत कुछ पिताजी की तरह, पर उनसे अलग और अपरिचित। और घर का घोंसला तो हर हालत में छूट चुका था, यों भी छूट चुका, त्यों भी छूट चुका। स्त्री का भाग्य ही ऐसा होता है कि वह उस किस्म का पौधा माना जाता है जिसे जड़ समेत उखाड़कर उसे नई ज़मीन में रोपा जाता है।

वह एक कुर्सी पर बैठी ही थी कि मिस सिलविया उधर से कुछ फूल और गुलदस्ते के उपयुक्त कुछ पत्तियां लेकर आई और अपने हाथ से खाने की मेज़ के बीच में गुलदान में बड़े प्यार से जैसे बुनकर फूलों का गुलदस्ता बनाने लगी। सुलभा उसे देख कर उठकर खड़ी हो गई थी, पर मिस सिलविया ने उसकी तरफ देखा ही नहीं। उसके चेहरे

से झलक रहा था कि वह हंसते हुए फूलों और भरे गुलदस्तों के महकते हुए राज्य में चहक और चहचहा रही है। सुलभा को मालूम था कि मिस अकेली रहती है, अब उसे पता लगा कि वह अकेले कैसे रहती है।

जब गुलदस्ता पूरी तरह तैयार हो गया, तब मिस सिलविया ने सुलभा की तरफ देखा, बोली–तुम खड़ी क्यों हो, खाती क्यों नहीं हो। मैं सवेरे केवल एक गिलास सन्तरे का रस लेती हूं, तुम खाओ। मेरा इंतज़ार मत करो।

सुलभा ने मेज़ पर सजी चीज़ों को देखा तो सबसे परिचित वस्तु टोस्ट ही दिखाई पड़ा। उसने एक स्लाइस उठा ली और खाने लगी।

खानसामा कुछ मुस्कराया, उसने दूसरा टोस्ट लिया और मक्खन लगाकर सुलभा के सामने पेश किया। मिस सिलविया ने देखा। फिर बहुत नर्मी से कहा—तुम जाओ, हम लोग खा-पी लेंगे।

सुलभा ने मक्खन लगा हुआ टोस्ट उठाया था कि उसकी आंखों के सामने कल्पना में देखा हुआ वह दृश्य घूम गया जिसमें वह लम्बा-तड़ंगा, सांवला, सूखा, नीरस,पैसे में रस लेने वाला व्यक्ति और वह अकेले में होते हैं। उस लम्बे-तड़ंगे, सांवले सूखे व्यक्ति की बजाय उसके सामने मिस सिलविया बैठी थी, जो अब शायद अपने असली रूप में प्रकट हो।

वह आदमी उसपर बलात्कार करता, पर यह औरत भी तो उसके मन पर बलात्कार करेगी। शायद अभी खानसामा से कहे कि गाय का गोश्त लाओ और इसे खिलाओ। ईसाई होने से उसे उतना डर नहीं लगता था जितना गाय के गोश्त से। एकाएक यह युक्ति सूझ गई और उसे इस कारण खुशी हुई कि पूछे जाने पर मैं कहूंगी कि मैं मांस-मछली खाती ही नहीं। टोस्ट कड़वा लग रहा था। खानसामा

के जाते ही वह समझ गई थी कि उधर से कुछ आने वाला है जो उसपर चोट करेगा। वह संभल कर बैठ गई। अब दो बलात्कारों में से एक को चुनना ही था। यही था एक नारी का स्वतंत्र जीवन। थोड़ी बहुत शिक्षा मिली थी और उससे भी अधिक शिक्षा उसने अपने को दी थी। उन सबका हश्र यही था। नारी की स्वतंत्रता बिलकुल स्वप्न है, उसका कोई अर्थ नहीं है जब तक कि वह रोटीन कमा सके।

उसने आधा खाया हुआ टोस्ट अपने क्वार्टर प्लेट में रख दिया।

मिस सिलविया के सामने संतरे के रस का गिलास रखा हुआ था। बिलकुल साफ, सुथरा, जंगलों से आई हुई सूर्यकिरण-सा दमकता हुआ। मिस सिलविया उस तरफ देख रही थी और देखते-देखते उसके चेहरे पर जैसे किसी काली वस्तु की छाया पड़ गई। वह संभल गई और एक चम्मच लेकर गिलास में से एक बीज निकाल बाहर किया। सुलभा को आश्चर्य हुआ कि इस बीज का उसे कैसे पता लगा, पर मिस सिलविया की इस गुप्तशक्ति से सुलभा को खुशी नहीं हुई। सुरक्षा की कमी महसूस हुई, फिर उसने खाने की तरफ ध्यान नहीं दिया। यदि उसे यह डर न होता कि लौट जाने पर कल्पना के उस लम्बे-तड़ंगे, सांवले, सूखे व्यक्ति से पाला पड़ेगा, तो वह उसी समय दौड़ पड़ती। सिर के बल। बेतहाशा। तब तक न रुकती, जब तक कि अपने कमरे में न पहुंच जाती। अभी तक घर के बरवाज़े उसके लिए खुले थे।

घड़ी में अभी सात ही बज रहे थे।

मिस सिलविया ने संतरे के रस का गिलास उठा लिया। एक बार उसे सूंघकर उसे धीरे-धीरे पी गई। फिर उसने सुलभा की ओर देखकर कहा-तुम कुछ खा नहीं रही हो। क्या ये चीज़ें तुम्हें पसन्द नहीं ?

पसन्द या नापसन्द की कोई बात नहीं थी। वह खाने की मनो-

दशा में नहीं थी, वह जानना चाहती थी कि यह जो कुछ सफेद बालों वाली महिला उसके सामने बैठी है, वह क्या सोच रही है। उसने तो कुछ भी नहीं कहा असली बात पर। वह तो केवल व्यर्थ की बातों, खाने-पीने की, बागवानी की बातें करती रही।

सुलभा ने फिर से अधखाया टोस्ट उठा लिया और उसे चबाने लगी। कुछ रस नहीं आया, फिर भी चबाती रही, जैसे अपना जीवन जी रही थी। मिस सिलविया अब उसे उसी प्रकार से घूर रही थी जैसे थोड़ी देर पहले संतरे के रस के गिलास को देख रही थी, और सुलभा को ऐसा लगा कि वह उसे पढ़ने की चेष्टा कर रही है, एकदम अन्दर आंतों तक। सुलभा को लगा कि कुछ उसके अन्दर जा रहा है और वह बड़ी तेज़ी से उसके अन्दर से किसी चीज़ को खींचकर बाहर लाने का प्रयास कर रहा है, एक अदृश्य क्रेन की तरह। सुलभा इस संघर्ष में टोस्ट का बचा टुकड़ा खा गई और उसने चाय की प्याली उठा ली, जो ठंडी पड़ चुकी थी।

थोड़ी देर कष्टकर सन्नाटा रहा, जिसमें चींटियों की पदचाप भी सुनाई पड़ जाती। एकाएक मिस सिलविया ने पूछा–कहीं तुम ना-बालिग तो नहीं हो?

–नहीं।

कहकर सुलभा ने कुछ कागज़ निकाले और मिस सिलविया के हाथों में दिये, पर मिस सिलविया ने उन कागज़ों को नहीं देखा, बोली—देख लूंगी बाद को। रखो। तुम ईसाई क्यों बनना चाहती हो?

सुलभा इस प्रश्न के लिए तैयार नहीं थी। उसे इस प्रश्न में कहीं तिरस्कार का कोई पुट लगा, जो उसके भीतर करकराया। बोली–मैंने यह सुना था कि आप ईसाई बनाती हैं।

मिस सिलविया इस उत्तर से हंस पड़ी, यद्यपि इस क्षण के पहले

तक ऐसा लगता था कि यह चेहरा कभी हंस नहीं सकता। बोली–माई डियर गर्ल, मान लिया मैं बनाती हूं, पर तुम क्यों बनना चाहती हो?

सुलभा ने कहा–मैंने तो अपनी सारी परिस्थितियां बता दीं। मैं आश्रय चाहती हूं, मेरा कोई आश्रय नहीं है।

मिस सिलविया इसपर गंभीर होकर बोली–तुम्हारे लिए तो कोई भी आश्रय ठीक होगा, ईसाई तुम तभी बन सकती हो, जब तुम लार्ड ईसा मसीह का आश्रय चाहो।

सुलभा ने इसका अर्थ यह लिया कि शायद यह कहलवाना चाहती है कि मैं ईसा का आश्रय चाहती हूं। पर मैं यह नहीं कहूंगी, चाहे कुछ भी हो जाय, चाहे घर वापस जाना पड़े और उस लम्बे-तड़ंगे, सांवले, सूखे व्यक्ति से ही साबका पड़े। पर अगले ही क्षण उसका दिल बैठ गया उस दृश्य को सोचकर जब वह उस व्यक्ति के साथ अकेले में होगी, जिसे वह नहीं जानती, न जानना चाहती है। इस अवसर के लिए उसके मन में एक सपना था, जिसकी रेखाएं अभी स्पष्ट नहीं थीं, जिसके अंग-अंग में अभी रंग भरा नहीं गया था, और पहले ही रंग में भंग हो गया था। अजीब बात सूझी कि मिस सिलविया के यहां चलो। नहीं तो वह कहां जाती?

मिस सिलविया ने कहा–ईसाई तुम तभी बन सकती हो जब तुम लार्ड ईसा का आश्रय चाहो।

सुलभा बोली–मैंने अपनी स्थिति बता दी, अब आप जो कुछ उचित समझें, करें।

मिस सिलविया सोचकर बोली-तुम अभी यहीं रहो, सोचो, फिर मैं बात करूंगी।

कहकर वह उठ खड़ी हुई। बोली–तुम्हारी खोज के लिए पुलिस में रिपोर्ट तो नहीं लिखाई गई होगी?

सुलभा ने इस सम्बन्ध में कुछ सोचा ही नहीं था। उसका चेहरा उतर गया। बोली–मैं नहीं जानती।

मिस सिलविया एक क्षण तक सोचती रही, फिर वह टेलीफोन के पास गई और एक नम्बर मिलाकर अपना नाम बताती हुई बोली–आपके यहां सुलभा नामक एक लड़की के सम्बन्ध में कोई रिपोर्ट तो नहीं आई। आई हो न आई हो, यह नोट कर लीजिए कि वह यहां है, अपनी खुशी से आई है और बालिग है। आप चाहें तो जाकर तस्दीक कर सकते हैं, या जैसा उचित समझें। बहरलाल मैंने रिपोर्ट कर दी।

फिर मिस सिलविया ने टेलीफोन बन्द कर दिया। बोली–साफ बात अच्छी होती है। यदि कोई ईसाई बनेगी तो अपनी आत्मा के लिए बनेगी। मैं क्यों इसके लिए जोखिम उठाऊं।–कहकर वह भीतर चली गई।

सुलभा खोने की मेज़ के सामने अकेली रह गई। उसने एक जीवन त्याग दिया और उसकी जगह दूसरा जीवन चुना, पर उसे कुछ ज़ायका नहीं आ रहा था। पग-पग पर अद्‌भुत और अप्रिय का सामना हो रहा था। उसने कभी हिन्दू धर्म पर गहराई के साथ सोचा नहीं था, जैसे चिड़िया उस वृक्ष के सम्बन्ध में नहीं सोचती जिसपर वह पैदा हुई है और साथ ही ईसाई बनते हुए उसके मन में बड़ी चिन्ता पैदा हो रही थी कि यह जो दाम देना पड़ रहा है, यह शायद कुछ अधिक है। नये पेड़ का पता नहीं था।

उसने मुड़कर देखा तो रमज़ान मौजूद था। उसने कहा–चलिए आपको कमरा दिखा दें।

सुलभा यंत्रचालूति की तरह उठ खड़ी हुई क्योंकि वह और कुछ नहीं कर सकती थी, और कुछ करने की उसमें सामर्थ्य भी नहीं थी।

वह पीछे चली, तो घर भूलभुलैयां-सा लगा। इस घर में इतने मोड़ और इतने कमरे हैं यह बाहर से पता नहीं लगता था। वह रमज़ान के पीछे-पीछे चलती रही। पुलिस में उधर से रिपोर्ट हुई हो या न हुई हो, इधर से तो हो चुकी थी। शायद पुलिस आए और पूछे कि तुम ईसाई बनना चाहती हो या नहीं। अभी हाल ही में एक पत्र में, जो उसके घर में आता था, ईसाई मिशनरियों के विरुद्ध एक लेख छपा था कि भारत स्वतन्त्र हो गया, पर मिशनरी उसी तरह अपना काम कर रहे हैं, लोगों को धोखाधड़ी से और लालच दिखाकर ईसाई बना रहे हैं। उसने यूं ही वह लेख पढ़ा था पर इतनी जल्दी उस लेख से उसका अपना सम्बन्ध निकल आएगा यह उसे मालूम नहीं था, पर वह तो शेर की मांद में स्वय आई थी। किसीने न उसे बहकाया और न उसे बुलाया था। बस, उसने सुन रखा था कि मिस सिलविया विपत्ति में फसी लडकियों को आश्रय देती हैं अवश्य, पर ईसाई बनाकर। इसलिए वह आई थी।

रमज़ान ने एक कमरे में प्रवेश करते हुए कहा—यही आपका कमरा है, यहां आपको सब चीज़ मिल जाएगी। आलमारी में कपड़े हैं, आप अपनी नाप की चीज़ें निकाल लें।

कहकर रमज़ान निकल गया। बिना यह देखे कि उसपर क्या प्रतिक्रिया होती है। कमरा अच्छा लगा। सुलभा का ध्यान सबसे पहले उन पुस्तकों पर गया जो छोटी-सी मेज़ पर लगी हुई थीं। सोचा कि बाइबल आदि होगी। उसमें बाइबल अवश्य थी पर बाकी किताबों का धर्म से कोई सम्बन्ध नहीं था। उपन्यास थे, कहानियां थीं और कुछ दूसरी हल्की-फुल्की पुस्तकें थीं। बाइबल को उसने उठाकर ही रख दिया कि शायद इसे तो ज़िन्दगी भर पढ़ना है, और अन्य पुस्तकों को देखने लगी। देखते-देखते दिल-

चस्पी बढ़ी और वह बैठ गई। पुस्तकों के पृष्ठ उलटते-पलटते सर्दियों और दूर देशों की ठडी-मीठी महक से उसका मन भर गय। और मुंह में जो कड़वा ज़ायका था, वह दूर हो गया। उसे अब यह नहीं लग रहा था कि वह घर से भागी हुई कोई युवती है, बल्कि यह लग रहा था कि उसने जो जुआ खेला है, सम्भव है उसमें भाग्य-लक्ष्मी उसीपर प्रसन्न हो।

वह पढ़ती रही, पढ़ती रही और उसे पता नहीं लगा कि मिस सिलविया इस बीच कई बार उसे चुपचाप देख गई।

4

रमाकान्त बाबू ने पुलिस में रिपोर्ट नहीं लिखाई, यद्यपि वे दिन-भर छुट्टी लेकर चारों तरफ घूमते रहे कि कहीं सुलभा का सुराग मिल जाए। जब सन्ध्या समय तक सुलभा का पता नहीं लगा, तब वे हारकर निराश घर लौट आए। यद्यपि सुलभा के भाग जाने की पहली प्रतिक्रिया उनपर यही हुई थी कि आर्थिक हानि हुई, पर अब आर्थिक हानि उन्हें भी गौण लग रही थी। वे किसीसे बताना नहीं चाहते थे, पर ऐसा लग रहा था जैसे वे किसी भी समय रो पड़ेंगे। बड़ा असहाय लग रहा था। घर में उन्होंने किसीसे बात नहीं की क्योंकि डर यह था कि कोई पड़ोसी सुन लेगा। रूपवती रोती रही थी यह तो उसकी आंखों से ही पता लगता था। राजीव खोया-खोया-सा था और अपने पिता पर नाराज़ था, यद्यपि पूरी बात उसे मालूम नहीं थी।

दूसरे दिनों से कुछ पहले ही खा-पीकर घर के सब लोग सो गए।

रमाकान्त बाबू को नींद नहीं आई थी और न किसी और को आई। देर तक सब लोग करवटें बदलते रहे। आज सब लोग एक ही कमरे में सोए थे। राजीव रोज़ की तरह अपने कमरे में सोने को गया था, पर उसे डर-सा लगा। पता नहीं काहे का डर। मां ने इसपर यह फैसला किया कि वह साथ में ही सोएगा। यद्यपि सुलभा केवल चली ही गई थी, मरी नहीं थी, पर घर में मुर्दनी छाई हुई थी, शायद उससे ज़्यादा जितना कि सुलभा के मर जाने से होती।

राजीव के सो जाने के बाद पति-पत्नी दोनों करवटें बदलते रहे, पर कहने को कुछ नहीं था, या जो कहना था वह कहा नहीं जा सकता था, विशेषकर दीवारों के सामने। दोनों थककर चूर हो गए थे, शायद इसी कारण नींद और भी बीच में पड़ने से इन्कार कर रही थी। नींद भी अपने वाहन के रूप में बिलकुल थके-हारे लोगों को नहीं वरण करती। फिर भी दोनों को अर्ध-बेहोशी-सी आ गई और एक झपकी आ गई। नींद के राज्य में जिनका प्रवेश नहीं होता, वे भी झपकी के कटाक्ष से वंचित नहीं रहते।

रूपवती दिन-भर तो यही कल्पना करती रही थी कि सुलभा ने यमुना में कूदकर या रेल की लाइन के सामने लेटकर आत्महत्या कर ली। वह चाहती थी या तो अच्छी तरह नींद ही आ जाए, पर झपकी न आए, जिसमें तो केवल सुलभा का नदी में छलांग लगाना या पटरी पर लेटना दीख रहा था। गुंडों के हाथ में पड़ जाने की एक सम्भावना थी, पर रूपवती की कल्पना में वह अच्छी ही सम्भावना थी, इस कारण उसकी कल्पना उस तरफ गई ही नहीं थी। वह झपकी से लड़ रही थी, किसी सांस से उसे आने नहीं देना चाहती थी, पर उसका मुंह खुला रह गया, सांस धीरे-धीरे नियमित रूप से चलने लगी और खुले मुंह के ज़रिये से झपकी ने आक्रमण कर दिया।

रमाकान्त बाबू जब स्टेशन, कनाट प्लेस, चान्दनी चौक—

सर्वत्र रेंग आए और फिर भी सुलभा नहीं मिली तो उन्होंने यही निष्कर्ष निकाला कि उसका अवश्य कोई आशिक रहा होगा, जिसको वे पाते, तो उसकी हड्डियां तोड़ डालते। उसीने रजनी के ज़रिये से षड्यन्त्र करके उसे कहीं छिपा लिया होगा। जब उन्हें झपकी आ गई तो वे यही स्वप्न देखने लगे कि उन्होंने उस आशिक का अता-पता पा लिया था और अब वे उसका पीछा करने में लगे हुए थे। उसका चेहरा पहचान में नहीं आ रहा था क्योंकि उसके चेहरे पर काला-सा बुर्का पड़ा हुआ था। अजीब बात है, पुरुष के चेहरे पर बुरका क्यों था? यही यह सूचित करता था कि वह अपराधी है।

रमाकान्त बाबू ने अपने हाथ में लाठी कसकर पकड़ ली, और यद्यपि उन्होंने आज तक अपने शौर्य को घर की चहारदीवारी के अन्दर ही कैद रखा था पर आज वे पहली बार इस मनोदशा में थे कि चाहे जो कुछ भी हो, भले ही फांसी लग जाए वे उसपर भरपूर हाथ से वार करेंगे। वह शक्ल जल्दी-जल्दी आगे बढ़ रही थी। इतनी जल्दी कि रमाकान्त बाबू के बूढ़े पैर उसके साथ ताल-मेल नहीं रख पा रहे थे। फासला घटने की बजाय बढ़ रहा था, इतने में उन्होंने देखा कि वह बुर्के वाला आदमी स्पष्ट दिखाई दे रहा था। अरे वह तो हरिदयाल था। उन्हें बड़ी निराशा हुई। भला वह क्यों सुलभा को भगाएगा। उसे तो यों ही मन्त्र पढ़-पढ़ा-कर समाज द्वारा स्वीकृत तश्तरी में सुलभा की सौगात मिलनेवाली थी। वह भला सुलभा को क्यों भगाएगा? कहीं बहुत ज़बर्दस्त गलती हुई है। या तो उनसे गलती हुई है, जिसे वे बिलकुल मानने के लिए तैयार नहीं थे और या उस दुष्ट व्यक्ति ने हरिदयाल का मुखौटा पहन रखा है, असल में वह हरिदयाल नहीं है। रमाकान्त बाबू इसी पहेली को सुलझाने में अपने दिमाग को पेर रहे थे कि इतने में उन्हें लगा कि कोई आवाज़ हुई और उस आवाज़ के साथ

ही साथ बुर्के वाला हरिदयाल वेशधारी व्यक्ति गायब हो गया और उनकी आंखें खुल गईं।

कोई दरवाज़े पर दस्तक दे रहा था। हां, इसमें कोई सन्देह नहीं था। वे चौकन्ने हो गए और उन्होंने धीरे से रूपवती को जगाया, जो एकदम से चौंककर उठ गई। दोनों ने दस्तक सुनी।

रूपवती स्विच की तरफ बढ़ रही थी, पर रमाकान्त बाबू ने चुपके से मना कर दिया। बोले—शायद सुलभा हो, कोई जान न पाए।—कहकर वे दरवाज़े की तरफ बढ़े और उन्होंने दरवाज़ा खोल दिया। सामने एक व्यक्ति खड़ा था जिसे वे पहचानते नहीं थे। क्या यह वह आशिक है? रमाकान्त बाबू की समझ में नहीं आया कि कैसे उसका स्वागत करें, जिस लाठी को वे बड़ी शक्ति से स्वप्न में पकड़े हुए थे, वह लाठी भी हाथ में नहीं थी। वह व्यक्ति अंधेरा होते हुए भी भीतर घुस आया। इससे रमाकान्त बाबू को निश्चय हो गया कि यह ज़रूर वही आशिक है। अब किसी प्रकार समझौता करने आया है, शायद कहना चाहता हो कि अब जो कुछ होना है हो चुका है। आप मेरे साथ सुलभा की शादी कर दीजिए।

रमाकान्त बाबू ने दरवाज़ा बन्द कर दिया और फिर उस व्यक्ति को कोने वाले कमरे में ले जाकर बत्ती जलाई, पर चारों तरफ से पर्दा लगा दिया और दरवाज़ा बंद कर दिया। रूपवती को उन्होंने बाहर ही रखा। वह यही समझ रही थी कि यह कोई बुरी खबर लाया है और धीरे-धीरे रसाकर खबर देना चाहता है। पर कुछ समझ में नहीं आ रहा था।

जिस कमरे में आगन्तुक बैठाया गया था, यह वही कमरा था जिसमें राजीव और सुलभा सोया करते थे। रमाकान्त बाबू ध्यान से उस व्यक्ति को देख रहे थे। यह तो स्पष्ट था कि वह सुलभा के बारे में कुछ जानता है। क्या इसीने सुलभा को भगाकर रखा है

या यह भगानेवाले का कोई दोस्त है? रमाकान्त बाबू ने चेहरा कड़ा कर लिया, पर साथ ही उनको यह सूझ गया कि महज़ कड़ाई से काम नहीं बनने का। पहले सुलभा पर कब्ज़ा कर लिया जाए फिर कड़ाई दिखाई जाए। पहले से ही कड़ाई दिखाएंगे तो माया मिलेगी न राम। इसलिए शौर्य की बजाय काम लिया जाए चातुर्य से। उन्होंने कहा—आपने कैसे कष्ट किया?

कष्ट शब्द में नम्रता से अधिक शायद व्यंग्य था। वह व्यक्ति बोला—मुझे शायद आना नहीं चाहिए था क्योंकि मुझे जो बात किसी और हैसियत से मालूम हुई है, उसे एक व्यक्ति के रूप में काम में लाने का मुझे अधिकार नहीं है। सुलभा आपकी ही बेटी है न?

रमाकान्त बाबू को कुछ ऐसा लगा कि यह न तो प्रेमिक है न प्रेमिक का दोस्त है। यह तो कोई और ही है जो शायद किसी प्रकार जान गया है कि सुलभा गायब है, यह उसीका फायदा उठाना चाहता है। कहीं यह कोई पड़ोसी तो नहीं है जिसे वे जानते न हों। उन्होंने सन्देह के साथ सूंघते हुए पूछा—आप कौन हैं? क्या चाहते है।

आगन्तुक बोला—मुझे अपना पूरा परिचय नहीं देना चाहिए। यह बताइए कि आपकी बेटी सुलभा कहां है? मुझे आप अपना मित्र समझें।

रमाकान्त बाबू की समझ में नहीं आया कि यह कैसा अजीब मित्र है जो अपना परिचय नहीं बताना चाहता। उनका सन्देह और तगड़ा हो गया कि यह अवश्य ही कोई पड़ोसी है और सारी सावधानियों और चिल्ला-चिल्लाकर कहने पर भी कि मैं तुम्हें मामा के यहां पहुंचा दूंगा, बात किसी प्रकार खुल गई है और यह व्यक्ति पड़ोसियों का प्रतिनिधि बनकर आया है। वे कुछ तैश में ही बोले—मैं राह चलते लोगों से अपने निजी मामलों पर बातचीत

नहीं करता।

वह व्यक्ति विचलित नहीं हुआ। उसने शायद ऐसीही कुछ आशका की थी। बोला—देखिए, आप कुछ गलत समझ रहे हैं। आपकी बेटी सुलभा गायब है। आपने उसकी रिपोर्ट पुलिस में नहीं लिखाई, ऐसा आपने लोक-लज्जा के मारे किया है, पर इससे समाज को कितना नुकसान होता है, यह आपको मालूम है? दूसरे धर्म के लोग इसी लज्जा का फायदा उठाकर हमारी बहू-बेटियों को धर्मान्तरित करते जा रहे हैं और हम लोग कान में तेल डालकर सो रहे हैं कि हमारी मर्यादा की रक्षा हो रही है।

रमाकान्त बाबू दुखी हुए कि पड़ोसियों ने इस बीच इतना भारी षड्यन्त्र कर लिया, और महज़ मेरा सिर नीचा करने के लिए। इस व्यक्ति को यहां भेज दिया है, प्रतिनिधि बनाकर। वे फुफकार-कर बोले—आपने कैसे जाना कि मेरे घर में कोई बात हुई है? मान लीजिए मैंने अपनी बेटी को उसके मामा के यहां रख दिया है तो इसपर आप लोगों को क्या एतराज़ है?

आगन्तुक हंसा। बोला—माफ कीजिए। आप दाई से पेट छिपाने की कोशिश न कीजिए। मैं आपको इसके लिए दोष नहीं देता कि आप अपनी सामाजिक प्रतिष्ठा को बचाने के लिए मामा वाली बात कह रहे हैं, पर जब वह लड़की ईसाई हो जाएगी तो आपकी यह प्रतिष्ठा कहां रहेगी?

रमाकान्त बाबू की समझ में नहीं आया कि यह व्यक्ति क्या कहना चाहता है। क्या यह सुलभा के बारे में कुछ जानता है, इतना तो पक्का जानता है कि वह मामा के घर नहीं है, पर इसके अलावा भी कुछ जानता है। वे बेताब होकर बोले—आप कौन हैं, यह तो बताइए?

इसपर वह व्यक्ति जिसकी उम्र लगभग चालीस साल की

थी, अजीब ढंग से मुस्कराया। बोला—देखिए, परिचय इतना ज़रूरी बाप क्यों मानते हैं? अपरिचित व्यक्ति भी तो सही बात कह सकता है।—कहकर वह व्यक्ति एकाएक जोश में आ गया और बोला—आप देखते नहीं हैं कि हर साल हज़ारों व्यक्ति विशेषकर स्त्रियां हिन्दू धर्म छोड़कर दूसरे धर्म अपनाती जा रही हैं क्योंकि आप लोगों में या हम लोगों में मर्यादा की गलत धारणा है। हम लोग कुएं के मेंढक की तरह कुएं के बाहर कुछ देख नहीं पाते, हमारे पैर के नीचे से जमीन फिसलती जा रही है, देश के दो टुकड़े हो गए, फिर भी लोगों की आंखें नहीं खुलतीं। अब भी हम सत्य को छिपाते हैं। अपराधियों को सज़ा नहीं मिलती, इस कारण अपराध बढ़ता चला जा रहा है। भारत के दो टुकड़े हो गए, पता नहीं आगे क्या होगा?

रमाकान्त बाबू बोले–दूर बैठकर उपदेश देना बहुत अच्छा लगता है, जब अपने ऊपर आ पड़ती है तो मालूम होता है कि आटा-दाल का क्या भाव है।—एक सांस में यह बात कहकर अगली सांस में वे बोले—मैं तो मानता ही नहीं कि मेरे यहां कोई बात हुई है, आप लोग अच्छे पड़ोसी हैं कि खामख्वाह बात पैदा करते हैं और उपदेश झाड़ते हैं। माफ कीजिए मुझे आपके उपदेशों की कोई ज़रूरत नहीं है। मैंने कोई हिन्दूधर्म का ठेका नहीं ले रखा है। यदि हिन्दूधर्म कायम है तो वह अपनी शक्ति से कायम है, मुझमें हिन्दू नेता बनने की न तो उच्चाकांक्षा है और न समय।

कहकर वे उठ खड़े हुए यह सूचना-सी देते हुए कि अब आप तारीफ का टोकरा ले जा सकते हैं। वह आगन्तुक दुखी तो हुआ पर वह उठा नहीं, बोला—तो मेरा परिचय देना ज़रूरी है? अच्छी बात है तो मैं परिचय देता हूं। मेरा परिचय कुछ लम्बा होगा।

रमाकान्त बाबू बैठ गए। उन्हें कुछ-कुछ शक होने लगा कि

की हपागल तो पाला नहीं पड़ा है। अब वे अपनी सुरक्षा के सम्बन्ध में चिन्तित हो गए। आंखों के सामने अंधेरा छा गया, पर बचने का कोई उपाय नहीं सूझ रहा था, यदि चिल्ला पड़ते तो पड़ौसी दौड़ पड़ते। और पड़ोसियों के दौड़ते ही सारी बातें खुल जातीं। इसलिए उनका मुंह खुलकर भी बन्द हो गया। वे अकड़-कर बैठ गए। बोले—जल्दी से बताइए, मेरी पत्नी बहुत बीमार है।

अनायास ही यह झूठ उनके मुंह पर आ गया। आगन्तुक ने शायद परिस्थिति समझ ली। बोला—आप मुझसे व्यर्थ में भय खा रहे हैं। मैं किसी प्रकार आपको हानि नहीं पहुंचाना चाहता और मैं चाहता हूं कि सुलभा घर में लौट आए...

रमाकान्त बाबू को फिर भी कुछ तसल्ली नहीं हुई। यह उनकी आंखों से प्रकट हो गया। आगन्तुक ने कहा—मैं ऐसे परिवार में पैदा हुआ जहां सबके विचार बहुत उदार थे। सब लोग गांधीजी के सर्वधर्म-समन्वय के विचार के साये में पले हुए थे, पर जब पाकिस्तान हुआ, तो मेरे मन पर बहुत धक्का लगा। यों मैं मुस्लिमलीग के रवैये से बहुत चिंतित था, उससे भी अधिक चिन्तित था इस बात से कि मुसलमानों में से अधिकांश लीग के साथ थे, जैसाकि हर चुनाव में लीग के उम्मीदवारों को मिले हुए वोटों से ज़ाहिर था। पर पाकिस्तान बनने से मेरी आंखें खुल गई। एक क्षण में ही मुझे जो शिक्षा मिली थी और जिसे मैं डूबते-डूबते भी लाइफबेल्ट की तरह पकड़े हुए था, वह मेरे हाथ से छूट गया और मैं एकदम डूब गया। मेरा पैर ज़मीन से लग गया। तब से मैं यह समझ चुका हूं कि सर्वधर्म-समन्वय वाला सिद्धान्त भले ही बहुत रंगीन लगे, इसमें हमारी समस्याओं का हल नहीं मिल सकता। स्वतंत्रता के बाद ही मैंने सर्विस कर ली, पर मुझे शान्ति नहीं है। मुझे लगता है कि

हर मामले में हमारे सामने गांधीजी भी तो उन आदर्शों को जीवन्त नहीं कर पाए। उनके चेले तो बहुत ही पतित हैं हर नेता चोर-बाज़ारिया है, उपपत्नियां रखता है। गान्धीजी के आदर्शों में ही कुछ कमी थी। वे ऊंचे आदर्श हैं जो कभी कार्यान्वित नहीं हो सकते।

रमाकान्त बाबू ने कुछ सुना, कुछ नहीं सुना। पर इतना समझ में आ गया कि यह व्यक्ति पागल नहीं तो अर्ध-पागल ज़रूर है। पहले सन्देह था कि यह पड़ोसी है पर अब यह सन्देह दूर हो गया, पर इसको सुलभा का पता कैसे लगा? इतना तो इसे पता है कि वह भाग गई है पर आगे भी कुछ पता है? उन्होंने बीच में आगन्तुक की वाक्यधारा को रोककर कहा–मुझे हिन्दू महासभा या जन-संघ से कोई मतलब नहीं।

आगन्तुक पर जैसे कोई अभियोग लगाया गया हो। उसने प्रतिवाद करते हुए कहा–मैं भी हिन्दू महासभा या जनसंघ का नहीं हूं, पर जो मैं कह रहा हूं उसे आप ध्यान में रखिए। यदि सुलभा की तरह सभी असन्तुष्ट लड़कियां ईसाई या मुसलमान बन गई, तो भारत का कल्याण नहीं हो सकता।

रमाकान्त बाबू को बहुत क्रोध आया कि यह कोई मतलब की बात नहीं कहता, बस यही तब से डरा रहा है कि सुलभा ईसाई या मुसलमान न बन जाय। जब वह यहां से गई, तो वह तो परिवार के लिए मर चुकी, अब चाहे वह मुसलमान बने या ईसाई। आग-न्तुक ने मानो इसी विचार का उत्तर देते हुए कहा–यह गलत है कि ऐसी लड़कियों के मुसलमान या ईसाई बनने से कुछ नहीं आता-जाता। अव्वल तो लड़कियों का पालन इस तरह होना चाहिए कि उन्हें असन्तोष का अवकाश ही न मिले।—कहकर आगन्तुक ने कमरे की चारों तरफ पहली बार अच्छी तरह देखा, मानो यह देखना चाहता हो कि असन्तोष का क्या कारण था। बोला—आपने

उसपर शादी के लिए ज़बर्दस्ती की होगी, क्यों है न यही बात?

रमाकान्त बाबू को बहुत क्रोध आया, पर वे पूरा क्रोध व्यक्त न करते हुए बोले—आप कोई भले आदमी मालूम होते हैं, अपने ढंग से अच्छे विचारक भी हैं। पर रात के दस बजे का यह समय पाकिस्तान, हिन्दुस्तान, हिन्दूमहासभा, जनसंघ, लीग की राजनीति समझने के लिए बहुत अच्छा समय नहीं है, और मैं बता चुका कि मेरी पत्नी बीमार है। आप किसी और समय आइएगा।

रमाकान्त बाबू फिर उठ खड़े हुए, यह आशा करके कि आगन्तुक भी उठ खड़ा होगा पर वह उसी तरह जमा रहा जैसे पैरों की जड़ें ज़मीन को उतर गई हों। बोला—साहब, आप भी हिन्दुओं के दर्द को नहीं समझेंगे तो कौन समझेगा। मुसलमानों का तो एक देश बन गया पाकिस्तान। पर भारत धर्मनिरपेक्ष है। इस नाते वह किसीका देश नहीं है। उसमें भी मुसलमानों का आधा साझा। मुसलमान फायदे में रहे। अब ईसाई भी किसी हिस्से को मांग लेंगे, तब आपको पता लगेगा कि समस्या कितनी कठिन है—कहकर उस व्यक्ति ने एकाएक कहा—आपकी सुलभा ईसाई बन रही है।

रमाकान्त बाबू फिर बैठ गए, उनको अपने कानों पर विश्वास नहीं हुआ। बोले—सुलभा तो अपने मामा के यहां है, वह ईसाई कैसे बन रही है?

तब उस आगन्तुक ने हंसकर कहा—मैं पक्का जानता हूं, तभी कह रहा हूं। मैं पुलिस विभाग में हूं। मुझे टेलीफोन मिला कि सुलभा मिस सिलविया के यहां है।

—आप पुलिस विभाग में हैं?

—हां। पुलिस विभाग में हूं, तभी तो मुझे पता है कि दस लड़कियां जो घर से निकल जाती हैं, उनमें से नौ दूसरे धर्मों वालों

के चगुल में पहुच जाती हैं।

—पर आप तो सुलभा के बारे में अभी कुछ कह रहे थे।

—हा वह भागकर मिस सिलविया के घर पर है।

रमाकान्त बाबू समझ गए कि अव मामा वाली आड़ दूर हो चकी है। बोले—उसके मामा अफीमची हैं, सम्भव है कि वह निकल गई हो और उन्हें पता न लगा हो। पर आपने यह कैसे जाना कि यह वही सुलभा है? इस नाम की जाने कितनी लड़कियां हैं।

उस व्यक्ति ने कहा—मैंने पता लगा लिया तभी तो यहां पहुच गया।

रमाकान्त बाबू ने अब दूसरी चालू चली, बोले—आप पुलिस आफिसर हैं, फिर आप उस लड़की का उद्धार क्यों नहीं कर सके? लगता है आपका जोश यथेष्ट नहीं है।

वह व्यक्ति बोला—यही तो मैं समझाने माया हूं कि आपने रिपोर्ट तक नहीं की। फिर हम पुलिस वाले आपकी किस तरह मदद कर सकते हैं। जब आप रिपोर्ट लिखाएं और यह लिखाए कि वह नाबालिग है तभी हम कुछ कर सकते हैं, नहीं तो हमारे हाथ-पांव बंधे हुए हैं।

—पर वह नाबालिग नहीं है।

—नहीं है न सही, आप लिखा दीजिए, फिर हम इसी बहाने उसे किसी नारी-सदन में रखवा देंगे। तब तक आप अपना प्रभाव चलाइए। अपने विचारों के जो लोग हैं, वे आपको मदद देंगे।

अब रमाकान्त बाबू ने मामा वाला सिद्धान्त उसी तरह से त्याग दिया जैसे कहते हैं कि डुबाऊ जहाज़ को चूहे पहले ही छोड़ जाते हैं। पड़ोसियों को मामा वाले सिद्धान्त की हड्डी थमाकर उनकी भौ-भौं बन्द करके या यह समझकर कि बन्द कर सके हैं,

वे निश्चिन्त नहीं तो करीब-करीब निश्चिन्त थे इस मामले में। पर अब जब वास्तविकता मुंह बा कर सामने आई तो वे बिलकुल घबड़ा गए। क्योंकि पुलिस आफिसर जो बात बता रहा था उससे कोई जटिलताएं पैदा होती थीं। पुलिस में रिपोर्ट करने का अर्थ अपनी बुराई जग-जाहिर करना होता और इसीसे वे सबसे ज़्यादा बचना चाहते थे। बोले-देखिए अब तो आपपर सारी बातें खुल चुकी है। आप मुझे परामर्श दीजिए कि मैं क्या करूं? मुझे कुछ सूझ नहीं रहा है।

आगन्तुक ने कहा-आप छोटी बातों पर न जाइए, बड़ी बातों को देखिए। आप अपनी बदनामी को देख रहे हैं पर यह नहीं देख रहे हैं कि इसकी आड़ में कितना भारी सर्वनाश हुआ जा रहा है। आप रिपोर्ट नहीं करेंगे तो क्या होगा? सिलविया उसे ईसाई बना लेगी। फिर उससे किसी ईसाई की शादी करा देगी। इस प्रकार वह दस ईसाइयों की मां बनेगी। आप हिन्दू तो परिवार-नियोजन से चिपके हैं और मुसलमान तथा ईसाई खूब बच्चे पैदा कर रहे हैं।

आगन्तुक का तर्क रमाकान्त बाबू को कुछ भी आकर्षक नहीं लगा। बोले-आप हमारी क्या मदद कर सकते हैं?

—मैं सब कुछ कर सकता हूं पर आप रिपोर्ट लिखा दें तब। और हां, एक बात बताइए कि वह गई क्यों है?

रमाकान्त बाबू ने असली कारण नहीं बताया बोले-वह आगे पढ़ना चाहती थी पर मुझमें और पढ़ाने की सामर्थ्य नहीं थी इसी लोभ से शायद वह ईसाई बनने गई है। लड़कियों को यह क्या हो गया कि व्यर्थ में ज़्यादा पढ़ना चाहती हैं, पढ़ना कोई अपने में उद्देश्य थोड़े ही है? मैं गरीब आदमी हूं। कहां तक पढ़ाऊं ?

आगन्तुक बड़ी रात तक उन्हें समझाता रहा कि आप रिपोर्ट

लिखा दें, और कुछ देर हो गई तो क्या। आप यह लिखा दें कि मामा के यहां जाने को कहकर गई थी, फिर वहां से गायब हो गई और अब पता लगा है कि कश्मीरी गेट की मिस सिलविया के घर पर है। आप यह भी लिखा दीजिए कि मिस सिलविया उससे पेशा कराना चाहती है, तो हम लोग मिस सिलविया को भी देख लेंगे।

पर रमाकान्त बाबू कुछ निश्चित नहीं कह सके और आगन्तुक को निराश होकर चला जाना पड़ा।

5

सुलभा दिन-भर डरती-सहमती रही कि उसे किसी भी मुहूर्त ईसाई होने के लिए कहा जाएगा, कम से कम उस ओर कुछ कदम उठेंगे, पर किसीने कुछ नहीं कहा। उसे अपनी ज़रूरत की सब चीज़ें अनायास मिलती रहीं और किसी प्रकार की कोई शिकायत नहीं रही। रमज़ान सही समय पर सही चीज़ पहुंचाता रहा। पर मिस सिलविया का फिर दर्शन नहीं मिला। यहां तक कि घर में उसकी आवाज़ भी सुनाई नहीं पड़ी।

इसी तरह रात आ गई। उसे एकाकीपन का अनुभव हुआ। स्वतंत्रता से जिस उल्लास की आशा उसने की थी, वह तो बिलकुल नहीं मिला। यह तो जैसे एक जेल से दूसरी जेल में चालान हो गया। दीवारें नई थीं, पर इसके जेल होने में सन्देह नहीं था। फिर सबसे बड़ा संकोच यह हो रहा था कि रमज़ान जिन चीज़ों को पहुंचाता रहा है, उन्हें वह किस नाते ग्रहण कर रही है! मां-बाप के घर में किसी चीज़ को लेते शरम तो नहीं मालूम होती थी, पर

यहां तो वह कृपाओं की परतों के नीचे दबी जा रही थी। उसे लगा कि उस लम्बे-तड़ंगे, सूखे-सांवले व्यक्ति के घर में चीज़ों को लेते समय उसे शायद इतना संकोच न होता। हर चीज़ इस प्रकार से उसकी आत्मा पर शायद बोझ न बनती। क्योंकि बदले में वह कुछ देती, अवश्य वह ऐसा कुछ था जिसे वह देना नहीं चाहती थी। फिर भी स्थिति कुछ दूसरी होती। कम से कम ऐसा लग रहा था। पर कुछ करने को नहीं था इसलिए उसने रात का स्वागत किया और जल्दी से सो गई, दरवाज़ा बन्द करके। लेटे-लेटे वह अपने पलायन की बात सोचती रही। भागी तो वह थी एक बड़े सिद्धान्त का सहारा लेकर कि पति चुनने का अधिकार मेरा है, न कि किसी और का पर यहां आकर उस सिद्धान्त की जहां एक तरफ रक्षा हुई थी वहां दूसरी तरफ वह टूट-बिखर भी गया था। शरीर की रक्षा हुई थी पर आत्मा को उसने कौड़ियों के दाम बेच दिया था। शरीर को बचाने के लिए आत्मा का सौदा किया था। कैसी अजीब परिस्थिति थी। फिर भी नींद ने सब समस्याओं को अपनी काली-काली बांहों में समेट लिया और वह शान्ति के साथ सोने लगी, पर बहुत शान्ति के साथ नहीं।

जब सवेरे उठी तो उसने समझा, मिस सिलविया का सामना होगा, पर उसका तो कहीं पता ही नहीं था। रमज़ान से पूछने पर पता चला कि वह कल से चित्र बनाने में लग गई है और जब वह चित्र बनाती है तो कई दिनों तक किसीसे नहीं मिलती, नाम-मात्र को खाती-पीती है, दिन-रात किसी सपने में डूबी रहती है। या चित्र बनाकर दम लेती है या उसे अन्तिम रूप से विसर्जित करके यानी उसे फाड़कर। जब चित्र समाप्त कर देती है तो बहुत खुश होती है, हरएक से प्रेम से मिलती है। पर जब चित्र फाड़ देती है तो बहुत बदमिज़ाज़ हो जाती है। तब कहीं चाय की शिकायत करती है,

कहीं खाने की, प्यालियां उठाकर फोड़ देती है। उस समय उसके सामने पड़ना ही एक मुसीबत होती है।

मिस सिलविया का जो मानसिक चित्र आंखों के सामने उभरा था, वह बिलकुल भिन्न था। सुलभा ने सुना था कि उसे सिर्फ एक दिलचस्पी है, वह है लोगों को ईसाई बनाना, पर यह तो और ही रूप सामने आया। वह कलाकार है, और कलाकारों के सम्बंध में जैसी खामख्याली कल्पित की जाती है, वही उसमें पाई जाती है।

मिस सिलविया के कलाकार होने से उसे खुशी हुई, या जब तक वह चित्र बना रही है, तब तक ईसाई बनने की ज़हमत से छुट्टी मिली, जैसे फांसी की तारीख टली हो, यह वह समझ नहीं पाई। उसके कमरे में ही चाय 'आदि' आ गई। आदि को उसने बड़े ध्यान से देखा, कहीं उसमें गोमांस तो सम्मिलित नहीं है। पर वहां तो मांस का नाम ही नहीं था। हां, एक अंडा था। वह चाहती थी कि रमज़ान से कुछ प्रश्न पूछे और सिलविया के सम्बन्ध में और जानकारी प्राप्त करे। पर संकोच के कारण वह कुछ पूछ नहीं सकी। रमज़ान कहीं दूर खड़े होकर उसका खाना-पीना देख रहा था, वह एकाएक सामने आया, बोला—आप गोश्त तो खाती होंगी?

सुलभा को एकाएक ऐसा लगा कि शून्य वाले घंटे की तलवार गर्दन पर आ गई है और यद्यपि सिलविया बिलकुल परोक्ष में है और शायद कई दिन न मिले, पता नहीं इसने कहां तक ठीक बताया, फिर भी इस मुसलमान खानसामे के ज़रिये से कार्यवाही शुरू हो गई है। अजगर हिलने लगा है और अब मुंह बा कर उसे निगलने की प्रक्रिया का श्रीगणेश हो रहा है। बोली—मैं गोश्त बहुत कम खाती हूं।

रमज़ान शायद बातों के लहजे से समझ गया कि उसके प्रश्न

का कुछ और अर्थ किया गया। उसमें जो नहीं है उसका आरोप किया गया। बोला–मैंने इसलिए पूछा कि मिस साहब गोश्त नहीं खातीं, पर मैं अपने लिए अलग से रोज़ बकरे का गोश्त बनाता हूं। अगर आप चाहें तो आपको दे सकता हूं।

रमज़ान के प्रस्ताव में सुलभा को कुछ रुचि नहीं थी, वह इस समय जिस अंतर्लोक में थी, उसमें ऐसे छोटे कौतूहलों की कोई गुंजाइश नहीं थी। खाना-पीना वहां कोई महत्त्व नहीं रखता था। जिसका गला जल्लाद के फंदे में फंसा हो, वह ऐसी बातों पर नहीं सोचता। उसने कहा—नहीं, नहीं।—कहकर फिर बोली—मिस सिलविया गोश्त नहीं खातीं, यह तो बड़ी अजीब बात है।

रमज़ान बोला—वह नहीं खातीं, यह तो अजीब है ही, पर इससे अजीब यह है कि वह मुझे हर वक्त यह समझाती रहती हैं कि गोश्त नहीं खाना चाहिए। जब मनुष्य ज़िला नहीं सकता, तो उसे मारने का भी हक नहीं है। मैं तो उनसे छुट्टी करने के लिए यह कह देता हूं कि यह तो मेरा मज़हबी मामला है, आप इसमें न बोलिए।

सुलभा एकाएक पूछ बैठी—तुमसे वह कभी ईसाई बनने के लिए नहीं कहती?

रमज़ान ने मुस्कराकर कहा–मुझसे पहले ही यह बात तय हो चुकी है कि हमें वह इस बारे में कभी कुछ नहीं कहेंगी।

सुलभा को यह इच्छा हुई कि काश, वह भी इस स्थिति में होती कि वह सिलविया से ऐसी शर्त करती, पर रमज़ान तो नौकर था। अपने पसीने की कमाई खाता है और मैं हूं आश्रित। क्या वह मुझे कोई काम नहीं दिला सकतीं ताकि मैं भी कह सकूं कि मेरे धर्म से आपको कोई मतलब नहीं। इसके बाद न सुलभा ने कुछ कहा न रमज़ान ने। इतने में सुलभा को ऐसे लगा जैसे रमाकान्त बाबू की आवाज़ सुनाई पड़ रही है। उधर के उस कमरे में जहां उसका

अनुमान था कि सिलविया रहती होगी। बिलकुल भ्रम था, पर उसी क्षण उसका खून जैसे जम गया। भ्रम नहीं था, जब स्पष्ट आवाज़ मालूम हो रही थी। रमज़ान फौरन ही चिन्तित होकर उधर चला गया। इसमें सन्देह नहीं कि रमाकान्त बाबू खोजते-खोजते यहां आ पहुंचे थे। और अब वे मिस सिलविया से लड़ रहे थे। आवाज़ में लड़ाई की खनक स्पष्ट थी। यह बात कैसे खुल गई?

सुलभा अंडा खा चुकी थी और चाय पीकर उसे उतार रही थी कि उसे स्पष्ट सुनाई पड़ा। रमाकान्त बाबू कह रहे थे—तुमने मेरी बेटी को छिपाकर रखा है। तुम लोगों ने अंग्रेजों के राज्य में बहुत धांधली की। लोगों को हर तरह का प्रलोभन देकर ईसाई बनाया और उन्हें ज़लील किया, अब यह धांधली नहीं चलने की!

मिस सिलविया ने उसके उत्तर में केवल इतना ही कहा—मैंने किसीको छिपाकर नहीं रखा है, मैं छिपकर कोई काम करने में विश्वास नहीं करती।

कुछ देर तक, शायद दो सेकंड तक, चुप्पी रही, फिर रमाकान्त बाबू ने कहा—मुझे बहुत विश्वस्त सूत्र से पता लगा है कि मेरी बेटी यहीं पर है, तुम सीधे से मेरी बेटी को नहीं दोगी तो मैं पुलिस में रिपोर्ट करा दूंगा।

मिस सिलविया हंसी, फिर बोली—मैंने खुद ही पहले पुलिस को इत्तिला कर दी है कि सुलभा नाम की एक लड़की मेरे यहां है।

रमाकान्त बाबू बोले—यही तो तुम्हारी चालाकी है। लाओ, मेरी बेटी किधर है, बताओ?

सुलभा सुनती जाती थी और उसपर एक अजीब भय, बल्कि भयमिश्रित घृणा छाती जा रही थी। उसे ऐसा लग रहा था कि मुक्ति उसके सामने पंख पसारकर खड़ी है, पर उसका वह रूप

नहीं था जिसकी उसने कल्पना की थी, बल्कि वह इस रूप में था कि भेडिये के आलिगन से छूटकर साप के आलिगन में बधना था। पिताजी साप नहीं लग रहे थे बल्कि लग रह थे साप के एजण्ट। उस लम्ब-तड़ंगे, सूख-सांवले व्यक्ति के दलाल, जो उसका गोश्त रुपयों से तौलकर खरीदने को उद्यत था। वह सोच भी नहीं पाई कि परिस्थिति का सामना वह किस प्रकार करे कि बाबू रमाकान्त मिस सिलविया और एक अपरिचित व्यक्ति के साथ पधारे। न जाने क्यों सुलभा को विश्वास हो गया कि यह वह व्यक्ति है जो उसके शरीर का ग्राहक है, जिसने पिताजी से उसका सौदा तय किया है। पीछ-पीछ घबडाया और चकराया हुआ रमज़ान था, जो शायद मिस सिलविया के उतने पक्ष में नहीं था जितना कि तमाशबीन था।

एक ही दृष्टि से सुलभा ने सबको नाप लिया और वह समझ गई कि रगमच उसके हाथों में है, वह ऐसी गवाह है जो मुकदमे को मोड़ दे सकती है। रमाकान्त बाबू देखते ही सुलभा की ओर लपके और बोले—चलो, हम लोग तुम्हे खोज रहे है और तुम यहा बंठी हो। अगले हफ्ते तुम्हारी शादी है, फिर तुम जो चाहे करना।

अब तक सुलभा किसी निर्णय पर नहीं पहुंच पाई थी, पर शादी शब्द सुनते ही उसपर बहुत ज़ोर की प्रतिक्रिया हुई। उसका चेहरा मिरगी की रोगिणी की तरह एक क्षण तक लरजता रहा और वह बोली–आप लोग पहले वर को ईसाई बना दीजिये, तब फिर यह शादी होगी।

सुनकर बाबू रमाकान्त एक कदम पीछे हट गए जैसे उनको एक अदृश्य धक्का-सा लगा हो। उनका चेहरा फक पड़ गया। देखकर सुलभा के मन में एक क्षण के लिए बड़ी दया आई कि चल दूंइन के साथ, पर साथ के उस आदमी को देखकर वह तनकर

कड़ी पड़ गई और उसने अपने को रोका। बाबू रमाकान्त ने संभलने के बाद कहा—तो क्या तुम ईसाई बन चुकी हो?

साथ के आदमी ने बीच में बोलते हुए कहा—बन भी चुकी हो तो क्या? फौरन शुद्ध हो सकती हैं। अब वह ज़माना नहीं रहा कि धोखाधड़ी से कोई मुसलमान या ईसाई बन गया, तो वह हमेशा के लिए मुसलमान या ईसाई ही बन गया। यही कर-करके लोगों ने हिन्दुओं की संख्या घटा दी और पाकिस्तान बन गया। पाकिस्तान या भारत के सब मुसलमान अरब से थोड़े ही आए थे।

इस व्याख्यान का सुलभा पर कोई असर दृष्टिगोचर नहीं हुआ। रमाकान्त बाबू कुछ समझ नहीं पाए कि यदि लड़की ईसाई हो चुकी है और झगड़ा या बदनामी होगी तो उस हालत में सुलभा को घर ले जाने में कोई तुक भी है या नहीं, पर इस प्रश्न के निर्णय में उनकी हिसाबी बुद्धि ने काम नहीं दिया और वह खराब मोटर की तरह भौं-भौं करके मंझधार में ही रह गई। जब तक सुलभा का पता नहीं लगा था तब तक बात और थी, पर अब सुलभा सामने खड़ी थी। उसे हमेशा के लिए छोड़कर जाते हुए नाड़ियां कहीं से तड़क रही थीं। वे वहीं खड़े-के-खड़े रह गए, बोले—क्या तुम ईसाई बन चुकी हो?

अब की बार उनके लहजे में यह स्पष्ट भनक थी कि वह ईसाई बन चुकी है। इस सम्बन्ध में उन्हें कोई सन्देह नहीं है। सामने अण्डे का छिलका दिखाई पड़ा और पता नहीं इसने क्या-क्या चीज़ खाई हो?—निषिद्ध चीज़ें जिन्हें हिन्दू नहीं खाते। जाने कैसी मतली-सी आने लगी, प्रश्न टगकर एक तलवार की तरह बीच में रह गया, जिसकी धार का लपलपाता रुख प्रश्नकर्ता की ओर था।

सुलभा ने कुछ नहीं कहा। उसे अपने पिता पर दया आई पर उसने उस व्यक्ति के चेहरे की ओर देखकर दया को त्वचा के

नीचे धंसने नहीं दिया। वह आदमी फिर बीच में बोल पड़ा—रमाकान्त बाबू, आप ईसाई होने को महत्त्व क्यों देते हैं? कौन जानेगा कि ये ईसाई हुई थीं। हम फिर से शुद्ध करा लेंगे। आप इन्हें ले चलिए, फिर देखा जाएगा।

सुलभा को ऐसा लगा जैसे वह व्यक्ति चुनौती के स्वर में कह रहा हो—तुम इसे मेरी कामाग्नि में झोंक दो, मैं इसे ठिकाने से लगा दूंगा!

सुलभा नाराज़ होकर बोली—मैं ईसाई हो चुकी हूं और मैं आप लोगों के समाज में लौटने के लिए उत्सुक नहीं हूं।

मिस सिलविया अब तक एक दर्शक की तरह जो नाटक का टिकट बिना खरीदे ही प्रेक्षागृह में आ गया हो और अब उसके लिए कोई आसन नहीं हो, अलग-थलग खड़ी थी। वह एकाएक सामने आई और बोली—पर सुलभा, तुम तो ईसाई नहीं बनी हो, फिर तुम क्यों ऐसी बात कहती हो?

सुलभा सकपका गई। उसकी समझ में नहीं आया कि जिस महिला की ख्याति ही यह है कि वह ईसाई बनाना ही अपने जीवन का सबसे बड़ा पुरुषार्थ मानती है, ऐसे मुंह में आए हुए शिकार को किस प्रकार छोड़ रही है? उसे याद आया कि मिस सिलविया ने एक बार भी नहीं कहा कि तुम ईसाई बनो। और अब तो वह चित्र बनाने की धुन में मस्त हो गई थी, जो रमज़ान के अनुसार कई दिनों तक चालू रहनेवाला था। वह इस महिला को कुछ भी समझ नहीं पाई थी। वह बिलकुल अपनी ख्याति या बदनामी से अलग मार्के की थी। अभी तक उसने किसी प्रकार भी अपना भेड़ियापन प्रकट नहीं होने दिया था। सुलभा बोली—जब मैं ईसाई बनने का इरादा कर चुकी हूं तो मैं ईसाई बन चुकी और इन लोगों के लिए मर चुकी।

मिस सिलविया जो अब तक अपने को इस नाटक की एक एक्स्ट्रा

मात्र मान रही थी, एकाएक फोकस की एकमात्र अधिकारिणी हो गई। चित्रकला के जगत् से आगन्तुकों ने उसे एक प्रकार ज़बर्दस्ती घसीट लिया था। बुरा लग रहा था पर अब वह भावना दर हो गई। पर इससे उसकी स्थिति सुधरी अवश्य, पर अब उसके लिए सुलभा एक रहस्य बन गई। इसके सम्बन्ध में यही समझा था कि एक लड़की है जो सामयिक उत्तेजना के वंश में यहां चली आई है। अभी इसे 'अंडर आबज़र्वेशन' रखना चाहिए। पता नहीं ऊंट किस करवट बैठे सो यह तो अजीब रहस्यमयी निकली कि समझ ही में नहीं आ रहा है कि क्या चाहती है। लगा: इसके विचार किसी प्रकार के तके के सांचे में नहीं ढले हैं यह तो उठनेवाली हर बयार का सामना कर रही है, कभी पीठ देकर और कभी सामने से मुकाबला कर। मिस सिलविया समझ नहीं पाई कि यह किस टाइप की है। इससे पहले ऐसे टाइप से साबिका नहीं पड़ा था।

कानूनी दृष्टि से मिस सिलविया की स्थिति बिलकुल स्पष्ट थी और उसे किसी प्रकार का डर नहीं था, क्योंकि वह स्वयं थाने में सुलभा के आने के बाद पूरी बात दर्ज करा चुकी थी। इसके अलावा सुलभा का दावा था कि वह बालिग है। सिलविया बोली—रमाकान्त बाबू, मुझे कोई एतराज़ नहीं, आप सुलभा को ले जा सकते हैं।

रमाकान्त बाबू के साथ के आदमी ने सुलभा से कहा—चलो,तुम हम लोगों के साथ चलो। तुम ईसाई बनी नहीं हो और यूँही कह रही हो। तुम शायद भल रही हो कि अब ईसाइयों का राज्य नहीं रहा, अब ईसाइयत फैलाने के लिए पहले की धांधलियां नहीं चल सकतीं। चलो, हम लोगों के साथ चलो।

मिस सिलविया बीच में बोल पड़ी—ईसाइयों का राज्य तो यहां कभी नहीं था। अग्रेज़ों का राज्य था। हां, वे ईसाई ज़रूर थे।

साथ का आदमी नाराज़ होकर बोला—आप क्यों पटर-पटर बोल

रही हैं? क्या यह सच नहीं है कि अंग्रेज़ों के राज्य में सरकारी कोष से कई करोड़ रुपये हर साल ईसाई पादरियों को दिए जाते थे, यह प्रचार नहीं तो क्या है? नागा-खासिया आदि जैसे पिछड़े हुए लोगों में ईसाइयों ने जाकर वह धांधली मचाई कि आज वे हमारे लिए समस्या बने हुए हैं। नागा अपना पाकिस्तान चाहते हैं।

मिस सिलविया ने पहले तर्क का उत्तर नहीं दिया, दूसरे तर्क को पकड़कर बोली–ईसाइयों ने उन पिछड़े हुए लोगों में काम भी तो किया, उनके लिए ज़हमत भी तो उठाई। वे इस देश के पुराने अधिवासी हैं, पर किसीने उन लोगों में काम तक नहीं किया, दूर ही रखा। ईसाइयों ने उनकी भाषा सीखकर काम किया, उन्हें पढ़ाया, लिखाया, उनका इलाज किया, उनमें संस्कृति फैलाई, उसका उन्हें पुरस्कार भी मिला।

रमाकान्त बाबू ने देखा कि अब तो यह तर्क-वितर्क लम्बा हुआ जा रहा है। उन्हें तो सुलभा से मतलब था, न ईसाइयत से मतलब था, न हिन्दू धर्म से। याने वहीं तक मतलब था जहां तक कि उनके रोज़-मर्रे की ज़िन्दगी को छूता या उससे टकराता था। वे अधैर्य के साथ बोले—सुलभा बेटी, चलो।

पर सुलभा चलने को बिलकुल तैयार नहीं थी क्योंकि उसे साथ का आदमी बहुत ही अनाकर्षक लग रहा था। लगता था कि वह बहुत आक्रमणात्मक ढंग से बोल रहा है, ज़रा आड़ पाते ही यह बलात्कार कर सकता है। उसे बिलकुल उस आदमी के साथ जाना और उसकी पत्नी बनना सुखकर नहीं हो सकता, जबकि उसके दो बच्चे भी थे। वह बोली—मुझे जाना नहीं है, आप लोग जाइए, मैं अपनी खुशी से यहां आई हूं और ईसाई बनूंगी तो अपनी खुशी से बनूंगी।

रमाकान्त बाबू ने अंतिम प्रयास के रूप में कहा—चलो अच्छा, तुम्हारी शादी नहीं करेंगे, और जहां तक पढ़ना चाहो पढ़ाएंगे।

सुलभा ही नहीं, वहां उपस्थित सब लोग बातों की खनक से समझ गए कि यह महज़ बहलाने के लिए कहा गया है, इसका कोई वास्तविक अर्थ नहीं है। सुलभा ने कहा—बाबूजी,मैं बच्ची नहीं हूं, मैं जाना नहीं चाहती। मुझे उस वातावरण से ही घृणा हो गई जिसमें पढ़ाई में अच्छी होते हुए भी मेरे लिए सुविधा नहीं है, क्योंकि मैं बेटी हूं। जैसे-तैसे मेरी शादी करके आप तो मुझे निकाल ही रहे थे, समझिए कि मेरी शादी हो गई और मैं चली गई। आखिर मुझे आप लोगों के पास आगे रहना तो था ही नहीं।

बातें सब सत्य थीं। एक-एक शब्द सत्य था।सभी इसको समझ रहे थे। मिस सिलविया ने रमाकान्त बाबू को आश्वासन देते हुए कहा—डरिए मत, मैं इसे ईसाई नहीं बनाऊंगी। मैं इसके जीवन की गुत्थियों को सुलझाने की चेष्टा करूंगी। यदि वह अपने से ईसाई हो जाए तो मैं नहीं रोकूंगी।...

साथ का आदमी बीच में बरस पड़ा—यही तरीका तुमने सारे आदिवासियों के साथ किया है। आप लोग पहले उनके दोस्त बन जाते हैं, उनका इलाज करते हैं, उनकी भाषा सीखते हैं, फिर उन्हें ईसाई बनाते हैं।

मिस सिलविया ने चुनौती स्वीकार करते हुए कहा—यह न भूलिए कि ईसा कोई यूरोप के नहीं थे।

साथ का आदमी पसीजा नहीं, बल्कि और कड़ा पड़ते हुए बोला—मुहम्मद भी तो यूरोप के नहीं थे, पर पाकिस्तान बन गया।

मिस सिलविया बोली—बहुत थोड़े लोग ज़बर्दस्ती मुसलमान बनाए गए होंगे, बाकी लोग तो सुलभा जिस कारण से भाग आई, वैसे ही कारणों से मुसलमान बन गए। आपने लोगों को निकाल दिया, उनके शरीर और आत्मा को ठुकराया, उनके साथ ज़्यादती की। इसलिए सब धर्म छोड़-छोड़कर चले गए। आपने मुझे याद दिलाया

था कि अब ईसाइयों का राज्य नहीं रहा, पर मैं भी याद दिलाती हूं कि यह धर्मनिरपेक्ष राज्य है। यह हिन्दू राज्य नहीं है। यह हिन्दुओं का भी उतना ही राज्य है जितना कि ईसाइयों का।

साथ वाला वह आदमी इससे बिल्कुल प्रभावित नहीं हुआ, वह पहले से अधिक खीझकर बोला-धर्मनिरपेक्ष राज्य वगैरह कुछ थोड़े-से लोगों के चोंचले हैं, यह हिन्दुस्तान है। यहां हिन्दुओं को धोखेधड़ी से ईसाई नहीं बनाया जा सकता।

मिस सिलविया बोली—यही तो मैं भी कह रही हूं, यहां किसी भी धर्म वाले के साथ ज़बर्दस्ती कोई बात नहीं की जा सकती। मैं तो इसीलिए कह रही हूं कि मैंने पहले ही पुलिस में रिपोर्ट कर दी। सुलभा के पिताजी ने रिपोर्ट नहीं की, पर मैंने की। आप चाहें तो मैं चली जाती हूं, आप लोग सुलभा को समझाइए और यह आपके साथ जाए तो ले जाइए—कहकर वह बिना प्रतीक्षा किए ही चली गई। रमज़ान भी आड़ में हो गया, यद्यपि उसे मिस सिलविया का अनुसरण कर चला जाना चाहिए था। उसे स्वयं कौतूहल था, यद्यपि वह मिस सिलविया का नमक खाता था, पर वह नहीं चाहता था कि सुलभा ईसाई बने। यदि सुलभा इशारा कर दे तो वह उसे मुसलमान धर्म में दीक्षित करा सकता है, जो उसके अनुसार ईसाई धर्म से कहीं ऊंचा धर्म था।

जब मिस सिलविया और रमज़ान चले गए, तो रमाकान्त बाबू को परिस्थिति की भंयकरता का पूरा ज्ञान हुआ, बोले—तुम चलकर अपनी मां और भाई से तो मिल लो। मैं कहता हूं कि तुम्हारी इच्छा के विरुद्ध कोई काम नहीं होगा।

उस आदमी ने भी कहा—आप पढ़ी–लिखी हैं, आपकी इच्छा के विरुद्ध कौन क्या कर सकता है? आप निश्चिन्त होकर चलिए।

पर सुलभा को उन दोनों के द्वारा दिए हुए आश्वासनों पर

विश्वास नहीं हुआ। उसने कहा—मैंने घर में माताजी से सारी बातें कह दी थीं, पर पिताजी ने एक भी बात न सुनी। उन्हें तो मैं हर तरह से एक हीन प्राणी लगती हूं।

कहकर वह शायद थककर एक कुर्सी में बैठ गई। यह वही कुर्सी थी, जिसमें वह बैठकर उस समय नाश्ता कर रही थी, जब एकाएक यह काफिला इस घर पर टूट पड़ा था। उसके बैठने से रमाकान्त बाबू और उनके साथी निराश हो गए। यदि घर होता, तो रमाकान्त बाबू इसी क्षण बेटी पर टूट पड़ते। पर यहां उसकी गुंजाइश नहीं थी। ऐसा लगता था कि रात-भर के फासले के कारण दोनों में हज़ारों मील की दूरी हो गई थी, जिसे लांघकर कोई भी तमाचा या धूंसा पहुचने में असमर्थ था। रमाकान्त बाबू भी एक कुर्सी खींचकर थके-हारे बैठ गए और साथ के आदमी को एक स्टूल दिखाते हुए, (क्योंकि कमरे में और कुर्सी नहीं थी) बोले—आप उसपर बैठिए। मेरी बुद्धि कतई काम नहीं दे रही है। इससे अच्छा यह होता कि मुझे पता ही न लगता कि सुलभा कहां है। मैं बहुत परेशान हूं। आप ही कुछ समझाइए।

उस व्यक्ति ने भी यह समझ लिया था कि परिस्थिति सुधरने की नहीं, उस डायन ने इसपर पता नहीं कैसा जादू डाला, देखने में तो सुलभा बिलकुल स्वतंत्र है, पर भीतर ही भीतर न जाने कौन-सा अदृश्य मकड़ी का जाला फैला दिया कि यह उसके हाथ की कठ-पुतली बनकर रह गई है। वह दिखा रही है कि ईसाई बनाने में कोई दिलचस्पी नहीं है। बगुला भगत की तरह। पर मछली को ऐसे फांस चुकी है कि वह जाल के अन्दर ही भागाभागी का स्वांग कर सकती है। असल में इसके हाथ—पैर जकड़े हुए हैं। बोला—आप केवल अपना स्वार्थ न देखें, आपने तो सुना वह महिला क्या कह रही है? करोड़ों हिन्दू मुसलमान और ईसाई हो गए और अम्बेदकर ने अब

बौद्ध होना भी चला दिया। इससे हिन्दू धर्म को कितना नुकसान पंहुचा। पाकिस्तान बन गया। आगे पता नहीं और क्या बने। नागिस्तान बने। घटते-घटते हमारी सख्या घट गई और देश का आकार भी घट गया।

सुलभा इन तर्कों से प्रभावित नहीं हुई, बोली—हिन्दू घटें या बढ़ें, मुझे इसमें कोई दिलचस्पी नहीं। हिन्दू धर्म ने तो मेरे लिए एक जेलखाना बना रखा था, में उससे निकल आई सीलिए आप लोग बड़ी-बड़ी बातें हाक रहे हैं। क्या आप यह अस्वीकार करते हैं कि हिन्दू परिवारों में लड़कियों की हालत बहुत गिरी हुई है।

इस तरह दोनों तरफ से तर्क के तीर चलाए जाने लगे और यह पता ही नहीं लगा कि इतना समय हो गया। जब रमज़ान ने आकर पूछा—मिस साहब पूछ रही हैं कि आप लोग यहीं लच कर लेंगे?-तब लोगों ने बड़ी की तरफ देखा तो बारह बज रहे थे, धूप तेज़ हो चुकी थी। रमाकान्त बाबू पहले से ज़्यादा थक गए थे। उनके चेहरे पर भूखी झुर्रियां उभर आई थीं। जब से आए थे, तब से भी वे काफी बूढ़े लगने लगे थे। फिर भी सुलभा को उनपर कोई तरस नहीं आया क्योंकि वह बराबर यही समझ रही थी कि साथ का आदमी वही है जिससे उसकी शादी होनेवाली है। इसी विचार ने उसे अपने पिता के प्रति भावुक होने से बराबर एक ब्रेक की तरह रोके रखा।

रमज़ान के प्रश्न के उत्तर में सब लोग हड़बड़ाकर उठ खड़े हुए और एक आदमी की कोठरी के लायक मेज़ पर रखी हुई नन्ही-सी टाइमपीस घड़ी की तरफ देखा। रमज़ान ने जो सुलभा को भी कुर्सी से उठते हुए देखा तो एक क्षण के लिए उसके हृदय की गति रुक गई, क्योंकि उसे लगा कि वह भी इन दो आगन्तुकों के साथ चली जा रही है। वह नहीं चाहता था कि सुलभा ईसाई बने, साथ ही वह यह भी नहीं चाहता था कि वह अपने घर

लौट जाए। रमज़ान कुछ भी समझे, दोनों आगन्तुक स्थिति जानते थे पर सुलभा को हड़बड़ाकर खड़ी होते देखकर रमाकान्त बाबू के मन में एक क्षण के लिए आशा की मोहिनी हसी की दियासलाई कौंध गई। पर अगले ही क्षण वह अविश्वास के बादलों की चट्टानों से टकराकर बूझ गई।

रमाकान्त बाबू ने रमज़ान को कोई उत्तर नहीं दिया, पर साथ के उस आदमी ने कुछ नाराज़-सा होकर कहा—उन्हे कह देना, उन्हींको गाय का गोश्त मुबारक हो, हम लोग तो यहां पानी भी नहीं पी सकते।

यद्यपि यह वाक्य मिस सिलविया को अपमानित करने के लिए भाले के रूप में फेंका गया था, पर सुलभा को ऐसा लगा कि उसके कुछ छींटे आकर उसपर चस्पां हो गए। उसने कहा—वह तो गोश्त ही नहीं खातीं।

उस आदमी से अब रहा नहीं गया। बोला—यह सब ढोंग उसने तुम्हें फांसने के लिए फैला रखा है। वह तो सब कुछ खाती होगी, हम लोग सवेरे उसके कमरे में घुस पड़े थे तो वहां नंगी औरतों और नंगे पुरुषों के चित्र लगे हुए थे।

सुलभा को लगा कि ये लोग झूठ बोल रहे हैं, और अन्तिम समय में यह दुलत्ती इसलिए झाड़ रहे हैं कि शायद इससे घड़ी की सूई दूसरी तरफ घूम जाए और सुलभा उनके साथ चल दे। उसने उन बातों की तरफ ध्यान नहीं दिया।

बाबू रमाकान्त तथा उस आदमी ने अन्तिम बार सुलभा की तरफ देखा, जैसे श्मशान छोड़ते समय चिता की ओर देखते हैं। फिर वे लोग अकस्मात् चल पड़े।

6

मिस सिलविया को बहुत बुरा लगा था कि वह चित्र बना रही थी और सुलभा के पिता ने आकर इस प्रकार से उसका ध्यान बटाया और कष्ट दिया, वह इसके पहले इस प्रकार के कई दृश्यों का सामना कर चुकी थी, पर सृजन के समय जब वह इस प्रकार से जबर्दस्ती खींचकर स्वार्थ और गिरोहबन्दी के संसार में ढकेली गई, तो उसे बड़ी कोफ्त हुई। ईसा में उसकी बड़ी आस्था थी। ईसाइयत पर भी बहुत भरोसा था, पर कला उसके लिए निश्वास की वायु थी, कम से कम वह अपने सम्बन्ध में यह मानती थी। अब जो दोनों आगन्तुक चले गए, तो वह सुलभा या रमजान किसी से बिना कुछ कहे अपनी कला—साधना के खोल में वापस चली गई। वहां सामने ही दीवार पर ईसा के कई चित्र टंगे हुए थे, रेम्ब्राण्डट का ईसा, एलग्रेको का ऋसधारी ईसा, बोतीचेली की ईसा की कुमारी मां मरियम—उनपर हुष्टि गई, पर किसीसे भी इस क्षण हृदय को शान्ति न मिली। भीतर एक भय भभक रहा था, भय नहीं शायद बेचैनी, जो बहुत ऊची सतह से नीची सतह पर एकाएक उतरने में पैदा होती है। पहली बार जोर के साथ यह अनुभव हुआ कि कला का संसार जो शान्ति देता है, वह गिरोहबन्दी का सकुचित संसार नहीं दे सकता है। उसने सहजात ढग से कस का चिह्न बनाया कि ये क्या कुफ—भरे विचार आ रहे हैं। अब उसे सामने टगे ईसा के चित्रों को देखकर यह सन्देह भी हुआ कि कहीं उसकी ईसा-भक्ति का प्रधान उपादान महान कलाकारों द्वारा ईसा का गौरवमय चित्रण तो नहीं है। कलाकारों द्वारा चित्रित ईसा में कितनी उदात्त भावनाए लहराती हैं, जिनके सामने सैकड़ों सूरज फीके पड़ जाए। पर यह गिरोहबन्दी? जो ईसा के नाम से प्रचलित है और जिसकी वह स्वयं बहुत बड़ी तरफदार रही है, उसे बहुत निम्नस्तरीय और घटिया

लगी। जीवन में पहली बार। पहली बार इस कारण कि उसके पहले वह एक आयाम में कला की साधना करती थी और दूसरे आयाम में सांसारिक दूसरे कार्य करती थी, पर अब रमाकान्त बाबू तथा उनके साथी के एकाएक प्रकट होने से दोनों आयाम एक-दूसरे के सामने एकाएक चूनौती में खड़े हो गए थे, एक-दूसरे की आंखों में झांक रहे थे, एक-दूसरे को आंखों से तौल रहे थे, जैसेकि ताल ठोंक-कर पहलवान करते हैं। अब मिस सिलविया को पहली बार यह देखने को मिला था कि एक कितना भला और सुन्दर है, और दूसरा कितना बदसूरत और हीन। मिस सिलविया को बड़ा ही भय हुआ, लगा जैसे पैर के नीचे धरती तेज़ी से घम रही है और मालम हमा, जिसे अब तक वह ठोस जमीन समझ बेठी थी वह तो अथाह पानी है जिसमें पैर घसे जा रहे थे और चारों तरफ से लहरे फफकारकर उसे इसने और ग्रसने के लिए पंग भर रही थीं। वह धम्म से एक कुर्सी पर बैठ गई और उसने आवाज़ दी—रमज़ान।

रमज़ान फौरन आ गया और मालकिन की हालत देखकर उसने जल्दी से पानी का एक गिलास बढाया। मिस सिलविया ने जल्दी से पानी पी लिया और पहले के मकाबले में स्वस्थ होकर बोली—जब तक मैं न खोल मैं घर में नही हु, समझ गए?

—जी हा, समझ गया। कहकर उसने पूछा—कोई शराब तो न लाऊ?

मिस सिलविया ध्यान से एलग्रेको का चित्र देख रही थी, जैसे खोई हुई आस्था के सूत्र को फिर से प्राप्त करने की चेष्टा कर रही हो। बोली— नहीं नहीं तुम जाओ। रात की कुछ बची होगी।

रमज़ान ने दरवाज़ा भेड़ दिया और बाहर चला गया। वह समझ गया कि मेम साहब इस समय यदि पीएगी तो चुपके से पीएगी वह यह भी समझ गया कि आज ये लंच नहीं लेंगी, यानी लेंगी तो बहुत

देर में, जब लच का टाइम निकल गया होगा। वह निश्चिन्त हो गया और सीधे जाकर सुलभा के कमरे की चौखट पर ऐसे खड़ा हो गया कि सुलभा देखले। सुलभा एक पत्रिका उठाकर पढ़ रही थी, यूंही समय काटने के लिए, अनमने ढंग से, जिस प्रकार लोग ज़मीन पर खड़े-हो. कर पैर के अंगठे से चित्र बनाते हैं। वह रमज़ान को देखकर कुछ सावधान हो गई। पर रमज़ान उसी तरह कई मिनट खड़ा रहा। यह महसूस कर उसे अच्छा नहीं लगा। क्या मिस सिलविया उसपर निगरानी रखवा रही है? पर ऐसा होता तो वह छिपकर खड़ा होता या कम से कम छिपने की चेष्टा करता। पर यह तो बिलकुल निओन रोशनी से बने हुए प्रश्नचिहन की तरह आंखों में कडुआ रहा था। सुलभा को विश्वास हो गया कि यह मिस सिलविया की तरफ से नहीं खड़ा है, ऐसा विश्वास होते ही उसने साहस के साथ रमज़ान से पूछा—तुम क्यों खड़े हो? कुछ कहना है?

रमज़ान शायद यही चाहता था, भीतर चला आया और धीमी आवाज़ में बोला—मैं ज़रूर कुछ कहना चाहता हूं, मगर आप सनें तो।

सुलभा समझ नहीं पाई कि यह क्या कहनेवाला है, बोली—कहो।

साथ ही उसका मन कुछ उद्विग्न हो गया कि पता नहीं यह क्या कहनेवाला है। उम्र तीस-बत्तीस के लगभग है, बाल-बच्चेदार लगता है। कुछ बुरी बात तो नहीं कह सकता और यदि उस प्रकार का बुरा आदमी होता तो वह यहां टिकता कैसे? मिस सिलविया को अकेली पाकर ज़रूर यह कुछ न कुछ हाथ-पैर मारता और तब निकाल दिया जाता। बोली—कहो।

—आप मेरी बात माने या न मानें। मेरी बात सुन तो लें, मिस साहब से कुछ न कहें।

सुलभा ने इशारे से अनुमति दे दी, मुंह से कुछ नहीं कहा। क्योंकि उसे शक हुआ कि कहीं यह मिस सिलविया की तरफ से ही

परीक्षा तो नहीं ले रहा है। बोली—कहो।

रमज़ान कुछ देर तक जैसे अपने विचारों के सूत्रों को समेटता रहा, फिर बोला—आप ईसाई क्यों बन रही हैं? आपको जो फायदे ईसाइयत में दिखाई दे रहे हैं, वे ही फायदे इस्लाम में हैं। हमारे यहां भी कोई जात-पांत नहीं है, जो जिससे चाहे शादी कर सकता है।

तो यह बात थी। सुलभा को बहुत आश्चर्य लगा कि यह खान-सामा भी मुझे असहाय पाकर मुझपर अपने धर्म का लबादा लादना चाहता है। बोली—मैंने कुछ—कुछ पढ़ा है। मैंने तो सुना कि भारत के मुसलमानों में भी जात—पांत का बोलबाला है। शेख शेख से, सैयद सैयद से और पठान पठान से शादी करते हैं।

रमज़ान चौंका। वह समझता था कि यह एक बेवकूफ, अधिक से अधिक भावुक लड़की है जिसे आसानी से बहकाया जा सकता है। बोला—जी हां, बात कुछ-कुछ ऐसी ही है, पर कोई भी किसीसे शादी करना चाहे तो कर सकता है, कोई मुमानियत नहीं है।

रमज़ान ने इसके पहले कभी किसीको मुसलमान बनाने की चेष्टा नहीं की थी, यद्यपि मिस सिलविया ने इसके पहले जिस युवक को ईसाई बनाया था, एक लड़की के जरिये, उसे वह समझाना चाहता था? पर हिम्मत नहीं पड़ी थी, क्योंकि वह युवक उस ईसाई लड़की से, जिसे हाथी को फंसाने के लिए हथिनी के रूप में इस्तेमाल किया गया था, बुरी तरह उलझा हुआ था। बोला—आप मिस सिलविया को क्या समझती हैं कि ये बहुत मजहबी हैं? इनके आर्ट वाले कमरे में जाकर देखिए नंगी औरतों की तस्वीरें बनाई हुई हैं।

सुलभा को अब बातचीत में रस आने लगा था, पूछ बैठी—नंगी औरतों की तस्वीरें?

रमज़ान ने कहा—जी हां। ये खुद कई ऐसी तस्वीरें बना चुकी हैं। मैंने तो एक दफे छेद से देखा तो इन्हें खुद नंगी होकर बड़े आईने

के सामने खड़ी होकर ऐसी तस्वीर बनाते देखा।

—अपनी तस्वीर?

—हां, अपनी तस्वीर, पर चेहरा बदल दिया था, बाकी सब बातें वही थीं।

—पर ये तो बड़ी धर्मात्मा हैं?

—जी हां, यही इनकी पोल है। अब ईसाइयों में मज़हब रहा कहां?

सुलभा की समझ में नहीं आ रहा था कि सिलक्विया क्या है। उसने इतना ही सुना था कि सिलविया ने कई लोगों को ईसाई बनाया है पर वह गोश्त नहीं खाती, शराब पीती है, कला में डूबी रहती है, अपना नंगा चित्र बनाती है, ये सारी बातें एकसाथ क्या सूचित करती हैं? यदि वह एक तरफ कट्टर ईसाई है, तो दूसरी तरफ ईसा से हज़ारों कोस दूर है। फिर इसने रमज़ान को क्यों नौकर रखा है, जो अपने ढंग से एक मिशनरी है। शायद प्रत्येक ईसाई और मुसलमान जन्मजात मिशनरी होता है। हिन्दुओं की तरह नहीं होते कि वे हर समय अपने में से लोगों को निकालने के लिए उधार खाए बैठे रहते हैं। अवश्य स्वामी श्रद्धानन्द ऐसे कुछ आदमी हए हैं जो शद्धि करते रहे, पर वे शायद इस तरीके को प्रतिक्रिया के रूप में अपनाए हुए थे। यह उनकी मौलिक प्रतिभा नहीं थी। बोली—तुम बड़ा जोखिम उठा रहे हो। यदि मिस सिलविया को मालूम हो जाए कि तुम इस तरह से मुझे समझा रहे हो, तो वह तुमसे खुश नहीं होगी।

रमज़ान समझ नहीं पाया कि यह डर दिखाने के रूप में कहा जा रहा है या और किसी रूप में, बोला—मझे नौकरी मिलने में कोई दिक्कत न होगी, मैं अपने हाथों की कमाई खाता हूं। तीन आदमियों का काम अकेला कर सकता हूं।

यद्यपि रमज़ान ने अकड़कर जवाब दिया, पर वह जानता था

कि इतने आराम की नौकरी मिलनी मुश्किल है, बोला—मैं पूछने आया था कि क्या आप भी लंच न लेंगी?

—क्यों, मिस सिलविया लंच नहीं ले रही हैं?

—नहीं। —रमज़ान रुखाई से बोला।

—मैं भी नहीं लूंगी। यदि इच्छा हुई तो चार बजे कुछ खा लूंगी।

रमज़ान चला गया। यह स्पष्ट था कि वह आया तो था संतुष्ट होकर, पर गया रुष्ट होकर। सुलभाको मन ही मन बड़ी हंसी आ रही थी कि यह संसार अजीब स्थान है कि यहां सब लोग दूसरों पर अपना-अपना मत, जीवन का तरीका, भाषा-धर्म लादने के लिए व्याकुल हैं। बाप उसे सीढ़ी बनाकर समाज में ऊंचा उठना चाहता है, बेटे को आई॰ ए॰ एस॰ बनाना चाहता है। सिलविया ईसाई बनाना चाहती है और यह रमज़ान जो शायद उर्दू भी नहीं पढ़ा है, उसे मुसलमान बनाना चाहता है, पर उसके ईमान की यह हालत है कि जिसकी रोटी खा रहा है, उसके मुंह से शिकार छीनना चाहता है। लोग अपने संकुचित सत्य की हड्डी को अपने पास रखकर ही सन्तुष्ट नहीं होते? वे दीये से दीया जलाने की बजाय धुएं से धुआं क्यों फैलाना चाहते हैं? यह तो हो नहीं सकता कि सभी सत्य हो, पर सब अपने को अकाट्य और अंतिम सत्य मानते हैं और अपने पैगम्बर को अंतिम पैगम्बर मानते हैं। उस दिन सवेरे जब वह इस घर में आई थी, तो उसका मन जितना विह्वल और असहाय था और वह समझती थी कि विकल्प सिर्फ दो हैं, शरीर पर बलात्कार करवा लो या आत्मा पर, अब उस समय के मुकाबले में उसका मन कुछ आश्वस्त हो गया था। फिर भी छटपटाहट जारी रही और कब वह सो गई यह उसे मालूम नहीं हुआ।

जब वह उठी तो रात हो चुकी थी। किसीने बत्ती नहीं जलाई थी। और न किसीने जगाया था। किसीने खाने को भी नहीं पूछा

था, उसने बत्ती जलाकर घड़ी की सुई की तरफ देखा तो आठ बज चुके थे। उसे बड़ा आश्चर्य हुआ कि इतने घंटे सो चुकी थी। सबसे अजीब बात यह थी कि यह याद नहीं पड़ता था कि वह बिस्तर पर कब लेटी है? शायद कुर्सी पर भी सो गई होगी, फिर नींद ही में उठकर बिस्तरे पर लेट गई होगी।

बड़ा बुरा लगा क्योंकि लगा कि सारे महाशून्य में केवल घड़ी की टिक—टिक है और वह है। रमज़ान नाराज़ हो गया इसलिए उसने न चाय को पूछा न खाने को। वह चाय या खाना मांग सकती है तो किस नाते। तो अन्ततोगत्वा बात यहीं पर आकर अटकी कि खाना कहां से मिले? जो खाने को देगा वह स्वाभाविक रूप से अपना हुक्म चलाएगा, अपना मत, धर्म-भाषा और शरीर लादेगा। लाखों-करोड़ों स्त्रियां जो अन्याय जानकर भी अन्याय सहती हैं, उसका कारण यही है कि उन्हें मालूम नहीं है कि पेट की खाई कैसे पाटी जाए?

वह इसी प्रकार के विचारों में तैर-उतरा रही थी कि रमज़ान ने लाकर उसके सामने एक ट्रे से उतारकर सारा डिनर लगा दिया। वह एकदम से मुंह धोने के लिए गुसलखाने में चली गई, सामयिक रूप से समस्या सुलझ गई, पर असली बात ज्यों की त्यों टेढ़ी बनी रही, उसमें कोई फरक नहीं आया, वह यंत्रचालूति की तरह खाने में जुट गई पर उसका मन कह रहा था—नहीं,नहीं, यह नहीं चल सकता। क्योंकि यह कृत्रिम है, इसका कोई अर्थ नहीं होता। कश्मीरी गेट के उस आदमी का दिया हुआ खाना तो वह खा सकती है, पर यह खाना वह किस नाते खा रही है। वहां कुछ विनिमय का उपादान तो है, पर यहां तो सारा सम्बन्ध हवाई कच्चे धागे का है। लग रहा था, खाना खाते—खाते पेट तो भर रहा है, पर मन खाली होता जा रहा है। ठीक है। जब तक चल रहा है चले, पर यह ज़्यादा दिन नहीं चल सकता। क्यों न मिस सिलविया उसे कोई नौकरी दिला दें?

पर वह एक कट्टर ईसाई होने के नाते नंगी तस्वीरों के बावजूद, एक गैर-ईसाई को नौकरी क्यों दिलाएगी? नौकरी दिलाना तो सबसे बड़ा अस्त्र है, जिससे मनुष्यों को वश में किया जा सकता है।

वह खाती जाती थी और उसका मन बहुत ज़ोर से सिर हिला-हिलाकर कहता जाता था—नहीं, नहीं, नहीं,। भीतर से एक हूक उठती जाती थी और मन खिन्नतर होता जा रहा था।

अन्यमनस्कता में वह कुछ ज़्यादा ही खा गई, यद्यपि वह खाना कुछ नहीं चाहती थी और खाने में कोई स्वाद भी नहीं आ रहा था। मन इतना बोझिल था कि जीभ ठीक काम नहीं दे रही थी।

रमज़ान दूर खड़ा देखता रहा, पर वह कुछ बोला नहीं। यह भी शत्रुता का एक तरीका था, शायद सम्पूर्ण असहयोग से अधिक असरदार। इसीके कारण उसे यह अनुभव हो रहा था कि उसे यहां रहने का, यहां की किसी चीज़ को इस्तेमाल करने का, सर्वोपरि खाने का, जिससे रमज़ान का सीधा सम्बन्ध था, कोई अधिकार नहीं है।

फिर भी उसने खाया और वह थोड़ी देर में सो भी गई, यद्यपि नींद में भी वे ही सब विचार उसका पीछा करते और उसे सताते रहे।

7

दुष्यन्तकुमार को आशा थी कि जो खबर उसने रमाकान्त बाबू को दी है, उसके आधार पर वह अपनी बेटी को घर ले आ सकेंगे। पर जब उसे रमाकान्त बाबू से मालूम हुआ कि इस-इस प्रकार सारी बात हुई और अन्ततोगत्वा कुछ नतीजा नहीं निकला,

तो वह बहुत निराश हुआ,बोला-मुसीबत तो यह है कि मिस सिलविया कोई भी कानून नहीं तोड़ रही है, इसलिए हम कुछ भी नहीं कर सकते। आश्चर्य है कि इतने थोड़े में उसने आपकी बेटी पर इतना जादू कैसे डाल दिया!

—मुझे भी आश्चर्य है।—रमाकान्त बाबू ने खिन्नता के साथ कहा।

दुष्यन्तकुमार रमाकान्त बाबू से अधिक चिन्तित लग रहा था। बोला—मैं तो पुलिस में हूं, दिन-रात यही सब देख रहा हूं। कुछ अजीब हिसाब-किताब है कि दूसरे धर्मवाले मुंह बाए यही मौका ताका करते हैं कि कुछ पारिवारिक झगड़ा हो, कोई सदस्य घर से नाराज़ हो, तो उसे फौरन दबोचकर अपने धर्म में ले आएं। सदियों से यह तमाशा जारी है।

रमाकान्त बाबू को प्रश्न के इस पहलू में विशेष दिलचस्पी नहीं थी। वे तो केवल इतना ही चाहते थे कि किसी तरह सुलभा घर लौट आए, भले ही अब वह शादी न हो। उन्हें लग रहा था कि मामा के घर गई है, मामा के घर गई है वाली बात ज़्यादा दिन नहीं चलने की। कहीं न कहीं से बात खुलेगी ही। उन्हें अनायास दुष्यन्तकुमार की दोस्ती मिल गई थी, पर वह भी अब निरर्थक ज्ञात हो रही थी। बिल्ली के भाग्य से छींका टूटा, पर छींके में कुछ नहीं था। अजागलस्तन की तरह परिस्थिति थी कि लाभ कुछ न हुआ, आसमान से गिरा और खजूर में लटककर रह गया। उन्हें कुछ सूझ नहीं रहा था कि आगे क्या हो? कंगाल महलों के बड़े-बड़े सार्थक सपने देख रहा था और अब गले नमाज़ पड़ गई कि ऐसी परिस्थिति है कि मारे जा रहे थे और पानी नहीं मिल रहा था। उन्होंने दुष्यन्तकुमार से कहा—आप ही बताइए, मैं क्या करूं? आप कहते थे रिपोर्ट लिखा दो, सो रिपोर्ट लिखाने पर ही क्या होता?

—होता क्यों नहीं, आप लिखा दीजिए कि आपकी कन्या नाबालिग है। बस, देखिए हम आपको उसकी कस्टडी दिलाते हैं कि नहीं।

—पर कह तो कह रही है कि वह बालिग है।

—कौन?

—मिस सिलविया।

दुष्यन्तकुमार ने कहा—उसके कहने से क्या होता है? आप कहिए तो हम आपको अन्तरिम कस्टडी दिला देते हैं, फिर आप समझा-बुझा लीजिएगा।

रमाकान्त बाबू को अब भी यह भ्रम सता रहा था कि मुहल्ले में यह जो बताया गया है कि वह मामा के घर गई है, उसे अपने मुंह से झूठ करार देना पड़ेगा, फिर भी ले-देकर शायद कुछ हाथ भी न लगे। बोले—एक बार तो आप कह रहे हैं कि कानून से कुछ नहीं कर सकते और दूसरी बार कह रहे हैं कि कस्टडी दिला देंगे, यह कैसे?

दुष्यन्तकुमार को भी मन में सन्देह था कि पता नहीं सिलविया ने और कौन-से जाल रच रखे हैं, कहीं ज़िला मजिस्ट्रेट के यहां पहले ही से कोई दरख्वास्त न दिला रखी हो, साथ ही वह यह समझ रहा था कि कोई बाप जाए और उसका ज़रा-सा भी असर न हो, यह कैसे हो सकता है? वह अब मन ही मन सुलभा की बजाय रमाकान्त बाबू को एक हद तक दोषी समझ रहा था। लगता था कि बाप और बेटी में पहले ही से सहानुभूति की नाड़ी का सिलसिला कट चुका था। अब दोनों में आदान-प्रदान की कोई भी पाइप-लाइन नहीं रह गई थी। वह घर को जेलखाना मानती थी, तभी वह भाग गई। इसके विपरीत सिलविया ने उसको कितनी सुविधाएं दे रखी हैं, आज़ादी दे रखी है, और सबसे बड़ी बात यह है कि उसे ईसाई बनने के लिए कहती ही नहीं। यह सब उस बदमाश औरत की चालू है।

और इसके पीछे अतर्राष्ट्रीय मिशनरियों का मनोवैज्ञानिक युद्ध-कौशल है। पर जो कुछ भी हो, है बहुत मनोवैज्ञानिक और असर पैदा करनेवाला। सुलभा नहीं समझती है कि इसे फांसने के लिए यह सब चारा है। दुष्यन्तकुमार को आर्यसमाज पर भी बड़ा क्रोध आ रहा था कि ये लोग आपस में लड़ते हैं और आत्मविज्ञापन कराते हैं, पर असल में कोई ठोस काम नहीं करते। यदि दूसरों को हिन्दू नहीं बनाते तो कम से कम हिन्दुओं को ईसाई बनने से तो रोकें। मुसलमान तो हिन्दुस्तान का एक हिस्सा काटकर पाकिस्तान बना ले गए, ईसाई भी किसी दिन कुछ मांग बैठेंगे और जैसीकि परिपाटी है वे चला भी ले जाएंगे। क्योंकि यहां तो बड़े-बड़े सिद्धान्तों की बकवास की आड़ में नपुंसकता का बोलवाला है। यह कोई नहीं देखता कि अच्छे सिद्धान्तों का फायदा यदि किसीको रहता है तो बुरे लोगों को है, जो उस सिद्धान्त को नहीं मानते और मुंह छिपाकर खूब हंसते होंगे।

प्रश्न केवल सुलभा का नहीं था।

दुष्यन्तकुमार समझ रहा था कि रमाकान्त बाबू बिलकुल हतबुद्धि हो गए हैं, पर करना तो उन्हें ही था। उसने बाबू रमाकान्त को प्रोत्साहन देने के लिए कहा—आप कुछ तो करिए, न हो तो चलिए हम लोग दोनों यहां के हिन्दू नेताओं से मिलते हैं, वे क्या करते हैं, यह देखा जाए।

रमाकान्त ने इसमें कोई उत्साह नहीं दिखाया, कुछ कड़वेपन के साथ बोले— कोई कुछ करता नहीं है, सब उपदेश झाड़ते हैं। वे भी यही कहेंगे कि रिपोर्ट लिखाओ, और कोई कुछ नहीं करेगा। लड़की गई तो गई पर कुल पर कलंक तो न लगे। जो गई उसकी चिन्ता क्या करूं, जो बचा है उसे बचाने की चेष्टा करनी चाहिए। यही नीति है।

दुष्यन्तकुमार को ऐसा लगा कि जो बातें कही गईं, उनकी ढाल एक हद तक उसपर थी। चिढ़कर बोला—आपको लड़की की फिक्र उतनी नहीं है जितनी कि बदनामी की है।

रमाकान्त बाबू मानो इसके लिए तैयार ही थे, बोले—कई ऐसे सौभाग्यशाली लोग होते हैं जिनको अपने बेटे और बेटी से यश मिलता है। पर मैं यश नहीं चाहता हूं केवल अपयश से बचना चाहता हूं। क्या अपने बच्चों से यह बहुत बड़ी मांग है?

दुष्यन्तकुमार की जीभ पर आ गया कि आपने बेटी के जरिये धन पैदा करना और अपनी हालत सुधारनी चाही, तभी तो आपको यह दिन देखना पड़ रहा है, पर उसने जीभ की चौखट पर आए हुए इन वाक्यों को ज़बर्दस्ती रोक लिया। जीभ की खुजली तो मिटती, पर काम नहीं बनता। बोला—अब जो कुछ हो गया उसे संभालना तो है ही। फिर गुप्त से गुप्त बात फैल जाती है, आप चाहे जितना रोकें और चाहे जितना यह कहें कि वह मामा के घर गई है, असलियत की कुछ न कुछ भनक अवश्य फैल जाएगी।

रमाकान्त बाबू दुखी होकर बोले—भनक तो फैल चुकी है, मुहल्ले वाले कुछ भांप गए हैं, पर उन्हें ब्योरा मालूम नहीं है। रिपोर्ट लिखाने पर तो बात जग-जाहिर हो जाएगी।

दुष्यन्तकुमार ने सोचकर कहा—बात तो यों भी फैलेगी, त्यों भी फैलेगी। इसलिए करना आपको वही चाहिए कि बेटी घर वापस आ जाए।

दोनों देर तक बातचीत करते रहे, पर दुष्यन्तकुमार रमाकान्त बाबू को अपने मत पर ला नहीं सका। अन्त में उसने झंझलाकर कहा-आप ही ऐसे लोगों के कारण भारत में दिन-ब-दिन हिन्दुओं की संख्या घटती जा रही है। आप समझते हैं कि आपके कुल का मान बढ़ रहा है, पर दिन-ब-दिन पैरों के नीचे से ज़मीन खिसकती चली जा रही

है। फिर भी न तो आप जात-पांत छोड़ेंगे, न छुआछूत छोड़ेंगे, बस, आत्मप्रवंचना किए जा रहे हैं।

यह तय हुआ कि और सोचा जाए, सुलभा से फिर मिला जाए और उसे समझाया जाए। बाबू रमाकान्त ने कहा—आप मेरे साथ क्यों नहीं चलते? आप समझाइए। मुझे तो हिन्दू महासभा के ढंग से समझाना नहीं आता, मैं तो सिर्फ यही कह सकता हूं कि घर की इज़्ज़त देखो, कुल की इज़्ज़त देखो···

—आप जिस आदमी को साथ ले गए थे, उसने तो सारी बात समझाई।

—हां, उसने कुछ बातें कहीं, पर पता नहीं क्यों उसका कुछ असर ही नहीं पड़ा। मेरा ख्याल है कि उसे साथ में ले जाने से मेरा असर भी कम पड़ा।

दुष्यन्तकुमार चिन्तित हो गया, पर वह कुछ कह नहीं सका। वह सिलविया के घर जाने से इसलिए कतरा रहा था कि यह डर था कि मिस सिलचिया या उसका कोई साथी उसे पहचान लेगा कि यह तो पुलिस अफसर है, फिर भी ऐसे साम्प्रदायिक झगड़ों में पड़ता है। अन्त में उसने जोखिम उठाना स्वीकार किया और बोला—अच्छी बात है, मैं साथ चलूंगा।

रमाकान्त बाबू ने कहा—आप चलिए और धमकाइए, जब ईसाइयों का राज्य नहीं रहा, फिर आपको डर काहे का?

दुष्यन्तकुमार ने देखा अब तो रमाकान्त बाबू ही हावी हो रहे हैं। वह चाहता था कि इस मामले में वह केवल परोक्ष रूप से हिस्सा ले और किसी प्रकार का जोखिम न उठाए, पीछे रहकर धागे खींचता रहे। झुंझलाकर बोला—हम मिस सिलविया को क्या धमकाएं? जब अपने ही आदमियों पर हमारा कब्ज़ा नहीं है, तो हम दूसरों पर रोब कैसे जमा सकते हैं? अच्छी बात है, मैं चलूंगा

और मुझसे जो भी बन पड़ेगा करूंगा, चाहे मेरी नौकरी रहे या न रहे।

रमाकान्त बाबू इससे कुछ उत्साहित हुए और दोनों उसी समय चल निकले, यद्यपि अब रात हो चुकी थी। दोनों जो भी सवारी मिली उसीपर बैठ गए और मिस सिलविया के घर की तरफ चले।

8

दुष्यन्तकुमार और बाबू रमाकान्त रात के समय मिस सिलविया के घर के लिए निकल पड़े, पर रास्ते में दुष्यन्तकुमार ने कहा—जब तक उसके मन में यह धारणा बनी रहेगी कि घर लौट आने का अर्थ हरिदयाल से शादी करना है, तब तक हम लोगों का कोई असर नहीं पड़ेगा।

बाबू रमाकान्त ने दुष्यन्तकुमार को हरिदयाल के सम्बन्ध में कहा नहीं था पर वह जान गया था, और जब वह जान ही गया, तो बाबू रमाकान्त ने उसका प्रतिवाद नहीं किया। चारों तरफ घटनाएं इसी प्रकार हो रही थीं। वे एक चीज़ को छिपा रहे थे और वह खुल जाती थी। शायद सभी लोग सब कुछ जानते हैं। उन्होंने सड़क की रोशनी में दुष्यन्तकुमार को एक बार सिर उठाकर देखा, फिर बोले—मैंने तो उससे कहा कि वह शादी खतम हो गई।

दुष्यन्तकुमार ठिठककर खड़ा हो गया, बोला—आपने तो कहा, पर उसने विश्वास किया?

—नहीं।

—फिर क्या लाभ हुआ?

—मैं क्या करूं? मैं कह ही सकता हूं।

दुष्यन्तकुमार सड़क पर जाते हुए एक आदमी के थोड़ा आगे बढ़ जाने की प्रतीक्षा करने के बाद जब वह आदमी सुनाई की सीमा के बाहर चला गया, तो बोला—पर आपने बात ईमानदारी से कही थी न?

इसपर रमाकान्त ने कहा— मैंने ईमानदारी से भी कहा और नहीं भी कहा। हरिदयाल छूट जाएगा तो उसीकी तरह कोई मिलेगा। शायद उससे खराब मिले। मैं दहेज में मोटी रकम नहीं दे सकता।

दुष्यन्तकुमार बोला—क्या ऐसा नहीं हो सकता कि दहेज भी न देना पड़े और कोई योग्य वर भी मिल जाए?

—मैंने तो बहुत कोशिश कर ली, अब आप भी कुछ कोशिश कर दीजिए। मेरा तो ख्याल है कि हमारे देश में बड़ी-बड़ी बातें करनेवाले, आधुनिक बननेवाले नई सेन्सिबिलिटी के दावेदार युवक बहुत हैं, पर व्यावहारिक रूप में किसी काम आ सकें, ऐसे ज़िम्मेदार युवक हैं ही नहीं। कम से कम मुझे तो नहीं मालूम।

दुष्यन्तकुमार को बड़ा धक्का-सा लगा, पर उसे याद पड़ गया कि स्वयं वह भी बड़ा आर्दशवादी युधक था, छात्र आन्दोलन में भाग लेता था, पर जब शादी हुई तो मां-बाप की राय से हुई और उन लोगों ने नकद रुपये भी लिए। फौरन ही वह इस स्मृति पर राख-सी डाल-कर उसे भुलाने की चेष्टा करते हुए बोला—मैं तो समझता था कि देश बहुत आगे बढ़ चुका है। अब हज़ारों युवक इस प्रकार के होंगे जो बिना दहेज के शादी करना चाहेंगे।

बाबू रमाकान्त ने कहा-मैंने तो सारी खाक छान डाली, मुझे तो एक भी माई का लाल नहीं मिला। सब पितृभक्ति का बहाना करते हैं, पर इस युग के बच्चे कितने पितृभक्त हैं यह तो आप जानते ही हैं।

सड़क के बीच में खड़े होकर दोनों इस प्रकार बातें करते रहे। दुष्यन्तकुमार ने भी स्मरण करने की कोशिश की, पर कोई ऐसा

चेहरा याद न पड़ा, जो इस समय काम आ सके, बोला—जब तक सुलभा को यह विश्वास नहीं हो जाता कि हरिदयाल मंच पर से हट गया, तब तक वहां जाने से कोई फायदा नहीं। इससे अच्छा है कि हम जल्दी-जल्दी किसी ऐसे युवक को ढूंढ़ लें जो इस शादी में राजी हो जाय। क्या सारे भारत में ऐसा कोई युवक नहीं मिलेगा? मुझे विश्वास है कि अवश्य मिलेगा। इतने गरम और उग्र दल हैं, इतने नये विचारों के युवक हैं, क्या उनमें से एक भी नहीं है, जो हमारे काम आ सके?

बाबू रमाकान्त ने यह नहीं बताया कि एक युवक के उग्र विचारों के सम्बन्ध में सुनकर वे उसके पास गए थे। युवक ने सारी बात सुनकर कहा था—आप हम लोगों को बिलकुल नहीं समझे। हमें न दहेज की परवाह है, न मां-बाप की परवाह है, पर हम इस तरह मध्य-युगीन ढंग की जेल में बन्द नहीं किए जा सकते। पुराने ढंग के हीरो ही ऐसा करते थे। वे इस प्रकार की विपत्ति में न आव देखते थे न ताव और कूद पड़ते थे। अब हीरो की वह धारणा जाती रही।

रमाकान्त बाबू को बहुत गुस्सा आया था। पर उन्होंने अन्त तक क्या होता है, जानने के लिए पूछा था—आप जैसे कहेंगे मैं वैसे कर लूंगा। बताइए तो सही कि आप क्या चाहते हैं। आप अपने नये ढंग से ही और जैसाकि आप कहते हैं नये आयाम में ही इसे सुलझाए।

इसपर उस युवक ने कुछ नहीं बताया था। कई सिगरेट पीने के बाद उसकी बातों से जो तत्त्व निकला था वह यह है कि हो बहुत सुन्दरी, यदि एम० ए० तक पढ़ी-लिखी न हो तो कम से कम ऐसी तो हो कि उसके सम्बन्ध में यह भ्रम तो हो कि वह उच्च-शिक्षित और आधुनिक है। फिर भी इस तरह से उसका बाप आए और सम्बन्ध हो जाए, यह अकल्पनीय है। वह स्वयं आए, दोनों में प्रेम (प्रेम शायद कुछ पुराना शब्द है), नहीं सहयोगिता, हो; विचार भले ही न मिलें,

फिर जो कुछ हो वह ठीक है। शादी भले ही न हो क्योंकि शादी शब्द में कुछ अजीब दकियानूसी, गोबर से लिपे-पुते घर की, महक है।

रमाकान्त बाबू उस युवक से बातचीत करके बहुत क्रोध में लौटे थे, यद्यपि उन्होंने क्रोध व्यक्त नहीं किया था। वह एक धनी का बेटा था। रमाकान्त बाबू तो उसके पास याचक बनकर गए थे।

रमाकान्त बाबू ने अन्धकार की ओर दृष्टि डालकर दुष्यन्तकुमार से कहा— मुझे तो कोई मिला नहीं। हां, उस समय यह परिस्थिति नहीं थी कि एक लड़की को ईसाई बनने से बचाना है। पर मुझे इस नई परिस्थिति के बावजूद आपके आधुनिक युवकों से कोई आशा नहीं है। दहेज के मामले में कोई युवक आधुनिक नहीं है, नकद रुपये नहीं तो सोफासेट, रेडियोग्राम, ट्रांज़िस्टर .

दोनों ने यही उचित समझा कि रात को वहां न चला जाए। किसी प्रकार लाभ की आशा नहीं थी। मिस सिलविया जल्दी में ईसाई बनानेवाली मालूम नहीं होती थी। बाबू रमाकान्त का यही विचार था और दुष्यन्तकुमार ने सारी बातें सुनकर यही राय बनाई थी। कोई धनात्मक प्रस्ताव लेकर ही सुलभा से मिलना उचित था।

जब रमाकान्त बहुत रात गए घर लौट गए तो रूपवती ने डरते-डरते कहा—क्या सुलभा नहीं लौटेगी? उस पुलिस आफिसर ने क्या किया।

बाबू रमाकान्त भरे हुए तो थे ही। वे एकदम से बरस पड़े, बोले—वह साला क्या करेगा! लेक्चर तो बहुत पिलाता है, पर जब काम पड़ता है तो दुम दिखा जाता है। उसे अपनी नौकरी की पड़ी है। बहाना बनाकर चला गया। न नौ मन तेल जलेगा, न राधा नाचेगी।

रूपवती दिन-भर रोती रही थी, अवश्य अपने पति और बेटे की आंख बचाकर। अवश्य ही वह चाहती थी कि सुलभा लौट आए, पर साथ ही वह चाहती थी कि हरिदयाल से उसकी शादी न हो और उसे

ईसाई भी न बनना पड़े। ये सारी बातें कैसे हो सकती हैं, यह उसकी समझ में नहीं आ रहा था। विशेषकर जबकि हरिदयाल का दिया हुआ बहुत-सा पैसा खर्च हो चुका था।

बाबू रमाकान्त के सामने कभी एकसाथ बहुत समस्याएं नहीं रहती थीं। पहले समस्या यह थी कि कैसे सुलभा लौटे, ताकि किसी तरह हरिदयाल के साथ उसके सात फेरे करा दिए जाएं। पर जब उन्होंने यह देखा कि यह तो असम्भव है तो अब उन्होंने अपने सामने एक ही उद्देश्य रखा था कि सुलभा तो नहीं लौटेगी, उस हालत में कम से कम बदनामी न हो। इस सम्बन्ध में उन्होंने कोई दीर्घकालीन योजना नहीं सोची थी, मामा वाला चकमा चालू था। यह महीनों चल सकता था, वर्षों चल सकता था क्योंकि उन्होंने यह थोड़े ही कहा था कि किस मामा के यहां है। यदि लोग आविष्कार कर लें कि वह सगे मामा के यहां नहीं है, तो इसका कोई ठेका थोड़े ही है कि भांजी अपने सगे मामा के यही हो। मामा तो कितने ही हो सकते हैं, इत्यादि-इत्यादि। उन्हें बेटी के ईसाई होने से भी कोई विशेष चिन्ता नहीं थी, यानी यदि हो जाए तो हो जाए। बस, शर्त यह है कि किसी को मालूम न हो। जब लड़की घर से निकल गई, तो वह चाहे ईसाई हो या मुसलमान, उन्हें इससे कोई विशेष परेशानी नहीं थी। बस, मालूम न हो। कुछ भी हो जाए, किसीको मालूम न हो, तो बस कुल-धर्म की रक्षा हो गई।

कपड़े उतारते हुए नाराज़ होकर बोले—जाने किस बेहूदे ने लड़कियों को उच्च शिक्षा दिलाने का (बाबू रमाकान्त के अनुसार इन्ट्रेन्स या हायर सेकेण्डरी भी लड़कियों के लिए उच्च शिक्षा थी) तरीका चला दिया। जिस समाज में दहेज की प्रथा चालू है, उसमें उच्च शिक्षा देने का कोई अर्थ नहीं होता। मैंने पहले हीकहा था इसको ज़्यादा न पढ़ाओ, पर तुम नहीं मानीं। अब जो नतीजा

होना था, सो हुआ। सीता-सावित्री का आदर्श उच्च शिक्षिता भला कब मानने लगी? मुझसे उसके बारे में कुछ मत पूछो। बड़ा गुस्सा आता है, पहले जान-बूझकर काम बिगाड़ना, फिर उसे बनाने की कोशिश करना, इससे कुछ नहीं होता।

रूपवती समझ नहीं पाई कि रमाकान्त क्या कह गए। बस, इतनी ही बात समझ में आई कि सारा दोष उसपर दिया जा रहा है। एक बार मन हुआ कि वह भी सुलभा की तरह भाग जाए, पर ईसाई वह बन नहीं सकती, क्योंकि गोमांस उससे खाया नहीं जाएगा। वह दुखी होकर पति के खाने की तैयारी करने लगी।

9

यद्यपि सुलभा दिन को बहुत सोई थी, पर रात को सोते ही उसे फिर नींद आ गई। पता नहीं वह कितनी देर तक सोती रही।

जब वह एकाएक जगी, तो उसे लगा कि संगीत का रेकार्ड बज रहा है। थोड़ी देर तक वह सुनती रही। फिर उसे लगा कि यह रेकार्ड सिलविया के कलाकक्ष में बज रहा है। थोड़ी देर तक वह सुनती रही। उसने घड़ी देखी तो एक बज चुका था, सोचा कि शायद रेकार्ड बजाकर सिलविया चित्र बना रही है। यद्यपि यह बात कुछ समझ में नहीं आई, पर यहां कौन-सी बात समझ में आनेवाली थी। ईसाई धर्म की मिशनरी, मुसलमान खानसामा, नंगी तस्वीरें, रात जाग-जागकर चित्र बनाना। वह कुछ देर संगीत सुनती रही। फिर उसने धीरे से दरवाज़ा खोला ओर बाहर झांकने लगी। एक अदम्य कौतूहल ने उसके पैरों को आगे की और बढ़ाया और दरवाज़ा भेड़-कर वह दबे पांव उस तरफ चली जहां चित्रशाला थी। जाने में

कोई अटकाव नहीं था, क्योंकि इधर की सारी बत्तियां बुझी हुई थीं। किसीको कानों-कान उसका पता न लगता। कम से कम उसे ऐसा ही लग रहा था।

वह आड़ लेकर चित्रशाला वाले कमरे के बाहर खड़ी हो गई। कमरा बन्द था पर कांच के अन्दर से सब कुछ दिखाई दे रहा था, मिस सिलविया किसीके साथ नाच रही थी, व्यक्ति की पीठ इस तरफ थी, कुछ दिखाई नहीं पड़ रहा था कि कौन है। बाकायदा सूट में था। टाई कैसी थी दिखाई नहीं पड़ रही थी। सिर पर, अजीब बात है चौड़ा हैट लगा हुआ था, जिसका रिवाज कम से कम दिल्ली में नहीं दिखाई पड़ता था। सुलभा को बड़ा आश्चर्य हुआ पर बहुत नहीं, क्योंकि उसने ईसाइयों, एंग्लो-इंडियनों और गोरों के बारे में सब तरह की अजीब बातें सुन रखी थीं।

इतने में नाचते-नाचते उस पुरुष ने इधर मुंह फेरा तो सुलभा के आश्चर्य का कोई ठिकाना न रहा क्योंकि यह तो रमज़ान ही था। बिलकुल वही, पर दूसरे ही भेस में, यहां तक कि उसका व्यक्तित्व भी सम्पूर्ण रूप से बदला हुआ था। कहां तो वह अब तक एक बहुत ही आज्ञाकारी खानसामा लगता था, और कहां उसका यह भद्र आक्रमणात्मक पुरुषरूप। उसने मिस सिलविया को अपनी बांहों में ऐसे जकड़ रखा था, जैसे पकड़े हुए पतंगे को छिपकली मुंह में दाबे रहती है और वह उसी तरह से उसे झटके भी दे रहा था। सुलभा को लगा कि मैं शायद स्वप्न देख रही हूं। दृश्य पूर्ण रूप से अविश्वसनीय था। शायद वह इतना देख चुकी थी कि जुगाली करके हज़म करने के लिए उसे समय चाहिए था। वह उलटे पांव लौट पड़ी और अपने कमरे में जाकर देखे हुए दृश्य की परतें उधाड़ने में लग गई। हां, ठीक। सामने शराब की एक बोतल और दो गिलास भी रखे हुए थे, जिनमें एक खाली था और दूसरे में कुछ शराब शेष थी। उस

समय आंखों में चित्र आ गया था, पर 'डिवेलप' होकर अब सामने आया। तो यह पूरा प्रेमिक-प्रेमिका वाला काण्ड था। जो रूप दिन में दिखाई पड़ता था, वह और लोगों के लिए था, असली रूप यह था जो दिखाई पड़ गया था।

सोचते-सोचते एक बात यह भी कौंध गई कि शायद रमज़ान मुसलमान ही न हो, पर चोरी से उसे मुसलमान बनने के लिए कहने में क्या रहस्य था? क्या रमज़ान मिस सिलविया का खुफिया था और महज़ा उसके हृदय की बात टटोलने की चेष्टा कर रहा था। अजीब रहस्यमय यह घर था। मिस सिलविया का व्यक्तित्व अजीब था। वह क्या है? एक मिशनरी, जैसीकि उसकी ख्याति है, या पता नहीं यह ख्याति भी एक बृहत्तर योजना का एक पहलू-मात्र हो? क्या सिलविया एक साधारण एंग्लो-इंडियन स्त्री है, जिसका जीवन में एकमात्र उद्देश्य सुखभोग है, चाहे वह किसी भी प्रकार मिल? सुलभा को ऐसा लगा कि वह चलते-चलते एक ऐसे देश में आ गई है जहां का हर फल-फूल और पत्ती एक पहेली है, और चुनौती दे-देकर टहनियां हिलाकर यह कह रही है कि बूझो तो जानें। इतना अधिक कि उसे यह भूल गया कि वह स्वयं एक ज्वालामुखी के मुंह के सामने खड़ी है, एक नहीं, कई ज्वालामुखियों के सामने, जिनमें से एक से बचने पर दूसरे में गिरना और उसकी धौंकती हुई अग्नि-राशि में समा जाना निश्चित था। हरिदयाल घड़ियाल की तरह मुंह बाए खड़ा था, उसे निगलने के लिए, क्योंकि पत्नी मर जाने के कारण उसे एक शय्या-संगिनी चाहिए थी, पीकदान की तरह जिसमें वह दिन-भर काम करने से जो मवाद पैदा होता है, उसे रात के अन्धकार में डाल-निकाल सके। मिस सिलविया को पता नहीं क्यों ईसाई बनाने में दिलचस्पी थी, यद्यपि उसका जीवन ईसाइयत से पहले के युग का जीवन था, जिसके सम्बन्ध में सुलभा ने एक रोमन युग के उपन्यास में पढ़ा था।

इन ज्वालामुखियों के अतिरिक्त नेपथ्य में उस व्यक्ति के शब्द भी गूंज रहे थे जो बाबू रमाकान्त के साथ आया था। वह एक ऐसा चित्र पेश कर रहा था मानो हिन्दू धर्म के लहलहाते खेत में हाथियों और गैंडों का एक झुण्ड घस आया था। इसलिए वह बड़े ज़ोर से खतरे की घंटी घनघना रहा था।

दूर से संगीत तैरकर आ रहा था और साथ ही वह चित्र उभर रहा था कि हैट लगाए हुए छिपकले ने पतंगे को मुंह में दबा रखा है सामने बोतल रखी हुई है और दो गिलास हैं; एक एकदम खाली है और दूसरे में कुछ शेष रहता है। शायद कुछ फूल भी थे।

कुछ समझ में नहीं आ रहा था कि यह कैसी दुनिया है और कैसी लीला देखने में आ रही है। क्या पुस्तकों में जो बातें लिखी होती हैं, वे सबकी सब झूठी और काल्पनिक होती हैं? वास्तविकता में उनका कोई अस्तित्व नहीं है? घर और परिवार की पोल देखी। स्वयं वह अव्वल श्रेणी में पास हुई, पर उसे पढ़ने का मौका नहीं मिला, उलटे जिस किसी तरह उसे शादी करके घर से अलग करने की चेष्टा की गई, भाई को आगे पढ़ाया जा रहा है, जबकि वह · · ·। वह आगे सोच नहीं सकी क्योंकि इस परिस्थिति में भी छोटे भाई के प्रति ममता उसके हृदय में टीस पैदा कर रही थी। उसे आगे पढ़ाया जा रहा है, ठीक हो रहा है, पर मुझे भी तो पढ़ाया जाता। मैं तो ट्यूशन करके पढ़ाई का खर्च निकालने को तैयार थी, फिर हरिदयाल कहां से कूद पड़ा? पिताजी तो बाकायदा कुछ मुनाफा करने पर तुले हुए थे।

वह इस उपसंहार पर बिना पहुंचे नहीं रह सकी कि स्त्री होने के कारण ही उसपर यह विपत्ति का पहाड़ टूटा है। पर फौरन ही उस पहाड़ की आड़ में से मिस सिलविया का चित्र उभरा जैसे वह उस पहाड़ को बौना बनाकर प्रकट हुई हो। वह भी तो नारी है, पर उस-

पर कोई बन्धन नहीं है। नंगी तस्वीरें बनाती है, आईने के सामने नंगी खड़ी होकर। फिर खानसामा के साथ नाचती है। शराब पीती है, पर बाहर से ख्याति बना रखी है कि ईसाई धर्म की प्रचारिका है। यह कैसा धर्म-प्रचार है? हिन्दू धर्म सनातन यानी सड़ातन है, पर ईसाई धर्म क्या है? क्या मिस सिलविया का चरित्र किसी भी तरह ईसा के चरित्र के साथ मेल खाता है?

वह जितना ही सोचती जाती थी, उतना ही उसे लग रहा था किजीवन एक पहेली है। मनुष्य अपने सारे दर्शनों और दार्शनिकताओं के बावजूद एक बिलकुल बुद्धि-विरुद्ध प्राणी है। एकमात्र सत्य है कि वह जीता है और कैसे भी हो उसे जीना है। बुद्धिजीवी वह इस माने में अवश्य है कि हर बदली हुई परिस्थिति और हर केंचुल बदलने के साथ-साथ वह छतरी के रूप में मकड़ी की तरह अपने चारों तरफ एक दर्शन, धर्म, विचारधारा का तानाबाना बुन लेता है। इसीलिए इतने धर्म हैं, जिसके मानने वाले यह समझते हैं कि वह एक ऐसी मणि पा चुके हैं जो और किसी के पास नहीं है।

उधर का संगीत कब बन्द हो गया, कब बत्तियां बुझा दी गई, यह उसे मालूम नहीं हुआ। उसे लग रहा था कि सब व्यर्थ है। कोई बात कुछ अर्थ नहीं रखती। उसे ऐसी अनुभूति होने लगी कि काश, इस प्रकार सोचते-सोचते उसका अस्तित्व नास्तित्व में बिखर जाता, और उसे कुछ पता न होता तो अच्छा होता।

जब वह सवेरे उठी और उसने रमज़ान के लिए, बेड-टी के लिए, दरवाज़ा खोल दिया, बो उसने कड़ुवाई आंखों से रमज़ान की तरफ देखा। उसे लगा कि रात को जो कुछ उसने देखा था वह सत्य नहीं हो सकता। रमज़ान तो उतना लम्बा भी नहीं है जितना उस समय लग रहा था। और उस समय वह किस प्रकार आक्रान्त भेडिया लग रहा था, बल्कि वह इस समय अत्यन्त विनयी मेमना-

सा लग रहा था। कहीं कोई भयंकर गलती हुई है, इसमें सन्देह नहीं। क्या गलती हुई, यह समझ में नहीं आ रहा था, इसीलिए और भी भयानक लग रहा था, सुरक्षा की और भी कमी महसूस हो रही थी। लग रहा था कि कुछ भी नहीं है, कुछ भी नहीं है, शून्य है, बिलकुल शून्य। बाकी सब अंक भ्रम हैं, माया है, केवल शून्य ही सत्य है जहां सत्य माने भी शून्य है।

वह बेड-टी की आदी नहीं थी, फिर भी जब चाय आई तो वह उसकी तरफ देखती रही। रमज़ान चला गया था, छोटा-सा सलाम करके। यह समय बातचीत का नहीं था और बातचीत क्या होती?

चाय ठंडी हो रही थी। हो जाए। अभी एक लेख में पढ़ा था कि सूरज ठंडा हो रहा है। हो जाए। मनुष्य जाति इसपर चिन्ता इसलिए नहीं करती थी कि वह कुछ कर नहीं सकती थी। छेदवाले जहाज़ को चूहे छोड़ देते हैं, पर ठंडे होते हुए सौर-जगत् को मनुष्य छोड़ नहीं सकता। छोड़े भी क्यों? वह स्वयं ही सौ वर्ष से ज़्यादा नहीं जीता, जबकि सूरज ठंडा होनेवाली विपत्ति लाखों वर्ष में आनेवाली थी।

चाय एकदम ठंडी हो चुकी होगी, पर उसे पीना ज़रूरी था। नहीं तो रमज़ान क्या कहेगा? क्या समझेगा? पर नहीं, वह अब इन छोटी-छोटी बातों को धुरी बनाकर अपना जीवन नहीं चलाएगी। जीवन चलाने की आवश्यकता ही क्या है? जब कहीं कुछ है ही नहीं।

उसने चाय नहीं पी। और वह उठी भी नहीं, नतीजा यह हुआ कि थोड़ी देर में भिस सिलविया उसके सामने खड़ी थी। सुलभा ने देखा कि सिलविया उतनी ठिगनी नहीं है, जितनी कि वह रात को उस टोपेवाले व्यक्ति की चोंच में दबकर लग रही थी। वह रमज़ान से ऊंची नहीं, तो अच्छी कद्दावर थी।

मिस सिलविया ने आते ही उसके सिर पर हाथ रखते हुए कहा—तुम्हें क्या हो गया, तुमने चाय नहीं पी।—कहकर हाथ हटाती हुई

बोली—कहीं बुखार तो नहीं है? फिर क्या बात है?—कहकर आंख गड़ाती हुई बोली—शायद तुम्हारे मन में अशान्ति है। मेरी तरफ से कोई बन्धन नहीं है। तुम जो चाहो वह कर सकती हो।

सुलभा की समझ में नहीं आ रहा था कि वह क्या कहे, क्यों कहे? सभी व्यर्थ लग रहा था। पर एकाएक वह उठ बैठी और जैसे बल्ब में रोशनी आ गई हो, बोली—मिस सिलविया, आप मुझे कोई नौकरी नहीं दिला सकतीं? आप तो जानती हैं कि किन परिस्थितियों में मैंने घर छोड़ा है।

मिस सिलविया का चेहरा कड़ा पड़ गया, बोली—पहले चाय तो पिओ, गंभीर बातें बाद को होंगी, उसके लिए बहुत समय है।

—नहीं, मुझे यही बात मुख्य लगती है, और सब बातें गौण हैं। मिस सिलविया समझ गई कि यह अभी अन्तिम निर्णय चाहती है। उसका चेहरा और भी कड़ा पड़ गया, अब वह पतंगा नहीं, छिपकली मालूम हो रही थी, बोली—तुम्हें तो अभी और पढ़ना चाहिए या कुछ ऐसा काम करना चाहिए जिससे सीखते भी जाओ और योग्यता भी बढ़ाते जाओ। आज बाज़ार में तुम्हारी पढ़ाई की कोई कीमत नहीं है।

—मैं ट्यूशन कर सकती हूं और साथ ही पढ़ सकती हूं।

मिस सिलविया ने कहा— ठीक है, पर ट्यूशन से जितने रुपये आएंगे, उनसे तुम्हें रहने के लिए ऐसा कमरा नहीं मिल सकता, यह तुम जानती ही होगी।

इंगित स्पष्ट था कि तुमको अपने रहने की जगह ढूंढ़नी पड़ेगी और ट्यूशन भी ढूंढ़नी पड़ेगी। मिस सिलविया ने ठहरकर कहा—अब वे लड़कियां जो तुमसे पढ़ती थीं, अब तुमसे नहीं पढ़ेंगी, वे घर अब तुम्हारे लिए बन्द हो जाएंगे क्योंकि तुम यहां आई हो।

इंगित पर इंगित था, तर्क पर तर्क था, परतों पर परतें थीं,

जिसका मतलब यह था कि एक विशेष दिशा की ओर तुम्हें जाना है, पीछे लौटोगी तो हरिदयाल है और तुम हो। हरिदयाल भी तब है जब कि कुछ पता न लगा हो, नहीं तो वह आश्रय भी ढह जाएगा। हरिदयाल को और सैकड़ों लड़कियां मिल सकती हैं। ये सारे विचार एक ही क्षण में उसके मन को झटका देकर कौंध गए जैसे उसने बिजली के खुले तार छू दिए हों। तो एक ही मार्ग उसके लिए खुला था, ईसाई होना और उसके फलस्वरूप मिस सिलविया का सहयोग प्राप्त करना।

क्या इससे किसी प्रकार छुटकारा नहीं था? बोली—मिस सिलविया, आप मुझे दो-तीन दिन समय दें।

शायद मिस सिलविया सब सम्भावनाओं का अच्छी तरह लेखा-जोखा लगाकर किसी नतीजे पर पहुंच चुकी थी। उसने फौरन ही कहा—तीन दिन क्या, तुम चाहे जितने दिन लो, मैं इस बात के लिए यहां आई ही नहीं थी। मैं तो यह सुनकर आई थी कि तुम चाय नहीं पी रही हो। मैं आज पिकनिक में जा रही हूं, रमज़ान भी साथ में जा रहा है। बहुत बड़ी पार्टी रहेगी, तुम चाहो तो मेरे साथ चल सकती हो, नहीं तो तुम्हारे खाने की सारी व्यवस्था कर दी गई है। हम लोग रात को लौटेंगे। यदि तुम चाहो तो माली से बताकर बाहर जा सकती हो। इस मुहल्ले में चोरी बहुत होती है। मैंने बाकी सब ताले लगवा दिए हैं।

सुलभा ने कहा—मैं आपके साथ नहीं जाऊंगी, धन्यवाद। मेरी मानसिक स्थिति अभी इस लायक नहीं है कि मैं पिकनिक करूं।

मिस सिलविया ने इसका कोई उत्तर नहीं दिया और वह धीरे से निकलकर चली गई।

10

सिलविया के जाने के बाद सुलभा देर तक लेटी रही जैसे मार्कटाइम कर रही हो, पर वह धूप तेज होते-होते समझ गई कि लेटे रहने से किसी समस्या का हल नहीं हो सकता। कुछ करना ही है। वह उठ पड़ी और बिना कुछ खाए-पीए सड़क पर निकल पड़ी, माली से बिना कुछ कहे। सड़क पर निकलकर लगा कि जैसे घुटन-भरे वातावरण से निकल आई, दोबारा। पहली बार उस दिन रात रहते ऐसा ही लगा था, पर आज भी भविष्य उसी प्रकार शून्य का अंक लग रहा था जैसा उस दिन लग रहा था। उस दिन फिर भी वह अनायास कश्मीरी गेट की तरफ चल पड़ी थी, क्योंकि उधर ही से होकर स्टेशन था, उधर ही शहर और नई दिल्ली और जीवन था। अवश्य नई दिल्ली से कोई मतलब नहीं था, पर आज तो सड़क सड़क नहीं लग रही थी। वह कुछ बता नहीं रही थी कि किधर चलो। फिर भी वह निकल पड़ी थी। सूरज ठंडा हो रहा था, हरिदयाल उससे शादी करना चाहता था और मिस सिलविया उसे मदद देना चाहती थी, पर ईसाई बनाने के बाद, रमज़ान भी उसे मुसलमान बनाना चाहता था और इसके पक्ष में उसने यह तर्क दिया था कि इस्लाम फिर भी देशी है। इस प्रकार कई पक्ष उसको रास्ता दिखाने को तैयार थे। पिता तो थे ही। फिर भी लगा, वह शून्य हैं। वह देर तक खड़ी होकर सोचती रही। इतने में उसने देखा कि मिस सिलविया का माली, माली ही होगा, उसे ध्यान से देख रहा है जैसे खुफिया पुलिस का आदमी अपराधी को देखता है।

बस, वह चल पड़ी बड़ी सड़क की ओर, मानो माली की दृष्टि में कोई ऐसी स्प्रिंग थी जिसने उसके पैरों को क्रियाशील बना दिया और उसे फिर एक बार जीवन की अत्यन्त उलझी हुई पगडंडियों पर उतार दिया।

बड़ी सड़क पर आकर वह कश्मीरी गेट की तरफ चलने लगी। अजीब बात है कि पैरों में स्वतंत्रता की कोई स्फूर्ति नहीं थी, मन बोझिल और स्नायु तने हुए थे। समझ में नहीं आ रहा था कि क्या सही और क्या गलत है। समाज के विरुद्ध विद्रोह करके घर की चौखट लांघ लेने के बाद ही समाज का भयंकर जकड़दार रूप सामने आया था। चुनाव करने का अधिकार था, पर यह अधिकार अच्छी और बुरी स्थितियों में चुनाव नहीं था, बल्कि दो समान रूप से कष्टकर और अपमानजनक स्थितियों में चुनाव का अधिकार था। एक में शरीर का बलात्कार होता था और दूसरे में आत्मा पर। कोई शरीर का सौदागर था, तो कोई आत्मा का।

तो क्या वह यम की वहन यमुना की तरफ जाए और उसीकी गोद में चिरशांति का वरदान प्राप्त करे, पर दिल्ली में तो यमुना में भी इतना पानी नहीं था कि उसमें शरीर और मन की सारी ज्वालाएं गर्क हो सकें। विचार पसन्द नहीं आया, फिर भी चलना ही था और वह चलती रही। एक विचार आया कि क्यों न हरिदयाल की वह दुकान देखी जाए? पर अगले ही क्षण झटके से यह ख्याल आया कि हरिदयाल से उसका सम्बन्ध क्या है। कहीं वह आत्मसमर्पण तो नहीं करना चाहती? तो क्या वह घूम-फिरकर फिर मिस सिलविया की शरण में ही जाए?

यह भी विचार पसन्द नहीं आया। इस कारण वह बिना किसी फैसले के चलती रही और उसने चलते-चलते एकाएक महसूस किया कि वह कश्मीरी गेट के रेल वाले ओवरब्रिज पर चल रही है। इंजन दिखाई पड़ गए और प्लेटफार्म पर खड़ी गाड़ियां। क्या वह इनमें से किसी गाड़ी पर जाकर बैठे पर कहां जाएगी? इस विशाल विश्व में उसके लिए कोई भी स्थान नहीं था, जहां वह जा सकती। कोई उसका स्वागत नहीं करेगा, और जो करेगा वह

किसी न किसी प्रकार के छिपे या खुले बलात्कार के लिए करेगा।

फिर भी वह चलती रही।·····

एकाएक उसने सुना कि पीछे से कोई उसे 'सुलभा, सुलभा' 'दीदी, दीदी' करके पुकार रहा है। स्वर परिचित लगा, पर समझ में नहीं आया कि कौन है। पर अगले ही क्षण मन ने स्मृति की गहराई से उस स्वर को पहचान लिया, यह तो भाई राजीव की आवाज़ है। सोचा, यह भ्रम है, मानसिक कमज़ोरी है। यहां भला राजीव कहां से आया? वह इस समय यहां कैसे हो सकता है? पर थोड़ी ही देर में, दस कदम चलने के पहले ही राजीव पीछे से दौड़कर उसके पास आ गया था। उसे देखते ही सुलभा तन गई कि यह मुझे पकड़ने के लिए आया है, पता नहीं कहां से पीछे लग गया। पर ज्योंही उसने राजीव की आंखों में झांका, सारी बेचैनी और शंका के बावजूद उसे खुशी हई जैसेकि फांसी चढ़ते समय किसी परिचित का मंह देखकर एकाएक एक मुहूर्त के लिए खुशी, खुशी नहीं तो एक अजीब स्फूर्ति, होती होगी।

सुलभा ने कहा—राजू, तू यहां कैसे? क्या तू मेरा पीछा कर रहा है?

—नहीं·····

कहकर उसने कुछ सोचा कि पूरी बात बताऊं या नहीं, फिर बोला—मैं भी घर से भाग रहा हूं। तुम मुझे अपने साथ ले चलो।

सुलभा को बड़ा आश्चर्य हुआ, सारा स्नेह, जिसके द्वार कई दिनों से बिलकुल बन्द थे, एकदम से उमड़ पड़ा। वह भूल गई कि वह स्वयं भागी हुई है। उसे कोई अधिकार नहीं है दूसरों को भागने से रोकने का। वह बिलकुल अपरिवर्तनवादी और परंपरामों को रक्षिका बन गई, बोली—तू क्यों भाग रहा है, तुझे क्या दुख है? मजे से पढ़-लिख और फिर जैसे सब करते हैं, वैसे करना।

नीचे से एक इंजन धुएं के फौव्वारे छोड़ता हुआ चला गया। आने-जानेवालों ने धक्का दिया और भाई और बहन प्रवाह में बह-कर पुल के नीचे जाने को बाध्य हुए, यद्यपि दोनों में से किसीका भी कोई गन्तव्य नहीं था। दोनों भाग रहे थे, जिससे भाग रहे थे वह उनके निकट थोडा बहुत स्पष्ट था, पर उससे भागकर जहां जाना था, वह स्पष्ट नहीं था, नतीजा यह था कि वे बहुत कुछ त्रिशंकु की तरह मंझधार में लटके हुए थे।

दोनों भीड़ बचाकर गाज़ियाबाद या मेरठ जाने वाली एक बहुत लम्बी बस के पीछे नाली से सटकर खड़े हो गए। वहां सुलभा ने बिलकुल अपने बाप की तरह कहा—तुम कहां जा रहे हो? यह बुरी बात है।

राजीव को यह उपदेश अच्छा नहीं लगा, विशेषकर सुलभा से। वह तुनककर बोला—भागना बुरा है तो तुम क्यों भाग गई हो? और तुमने मुझसे कुछ नहीं बताया था।

सुलभा ने आत्मपक्ष का समर्थन करते हुए कहा—मेरी बात और है। मेरी एक दुआह से शादी हो रही थी।

राजीव बोला—चलो, घर लौट चलो,अब तुम्हारी उससे शादी नहीं होगी। वह आदमी आया था, तो पिताजी ने कहा, जन्मपत्री नहीं मिलती, यह शादी नहीं होगी। तब उस आदमी ने रुपये मांगे। मुझे पिताजी ने वहां से हटा दिया, पर मैंने छिपकर सुन लिया।

पिताजी बोले—रुपये तो खर्च हो गए। रसीद ले लीजिए। धीरे-धीरे अदा करूंगा।

इसपर उस आदमी ने कुछ कहा, मैं पूरा सुन नहीं पाया। पर अन्त में कहा—क्या मैं रसीद लेकर चाटूं?

इसके बाद वह आदमी बहुत बौखलाया, बोला—सव यही कहते हैं। जो आपको शादी नहीं करनी थी, तो आपने रुपये क्यों लिए?

तब पिताजी ने कहा—शादी तो करनी है, एक बार नहीं सौ बार, और जब उसकी शादी होगी, तो उससे जो रुपये मिलेंगे, मैं उससे आपका कर्ज़ चुकता कर दूंगा।

सुलभा का मन कुछ-कुछ नरम पड़ा था, पर वह समझ गई कि पिताजी जब उसकी शादी करेंगे तो रुपये लेकर ही करेंगे यानी हरि-दयाल न सही, रामदयाल कोई दुआह और दो बेटे-बेटियों वाला ही होगा। उसने कहा—तुम घर लौट जाओ, मर्द बच्चा हो, तुम्हें क्या?

पर राजीव बोला—मैं भी ईसाई बनूंगा। मुझे यह कुर्ता-पाय-जामा पसन्द नहीं, मैं डांस करूंगा, मेम से शादी करूंगा, मुझे पढ़ना पसन्द नहीं।

सुलभा अपनी ही समस्याओं से जूझ नहीं पा रही थी। सारी सूझ-बूझ मारी गई थी, तभी वह आज सवेरे-सवेरे उस शेरनी (शेर कौन है—रमज़ान?) की मांद से बिना कुछ सोचे-समझे निकल पड़ी थी। अब यह अच्छी मुसीबत आई कि राजीव की समस्या भी उसे सुलझानी थी। और समस्या क्या सुलझानी थी, उसे समझा-बुझा-कर घर भेजना था। उसकी सारी शिकायतें काल्पनिक हैं। वह क्यों खामख्वाह अपना सिर ओखली में डाल रहा है,। बोली—तू क्यों ईसाई बनेगा? क्या हिन्दू धर्म किसी धर्म से निकृष्ट है?

राजीव ने मेरठ जाने वाली बस से पीठ खजुआते हुए और उसका नम्बर पढ़ते हुए कहा— तुम्हारे जाने के बाद से एक आदमी बार-बार घर में आता है,। वह पिताजी को भड़काता है। यही सब कहता है कि हिन्दुओं का सत्यानाश हो रहा है। देश का सत्यानाश हो रहा है। तुम्हें ईसाई बनने से रोकना चाहिए। तुम्हें नाबालिग लिखाकर पुलिस में रिपोर्ट दर्ज करानी चाहिए।

डूबते को तिनके का सहारा मिल गया, बोली—खैर, मैं तो

नाबालिग नहीं हूं, तुम नाबालिग हो। तुम्हारी गिरफ्तारी का परवाना निकल सकता है।

यह जानकर राजीव को खुशी नहीं हई। उसने अन्तिम फैसला-सा देते हुए कहा—तुम जैसा करोगी, मैं वैसा करूंगा। लौटना है तो दोनों लौटेंगे, नहीं तो कोई नहीं लौटेगा।

सुलभा को बहुत क्रोध आया कि योंही आटा गीला था, अब चूल्हा भी ठंडा हुआ जा रहा है। यह लड़का काल्पनिक शिकायत के कारण मुझे हरिदयाल के जाल में फंसाकर मानेगा। कह दिया जन्मपत्री नहीं मिलती, पर हाथ आते ही रमाकान्त बाबू फिर से कह देंगे जन्मपत्री मिल गई। जन्मपत्री तो पुरोहितों का हथकंडा है, जिसे यजमान की आवश्यकता के अनुसार चाहे जिस करवट बैठाया जा सकता है, बोली—तुम समझ नहीं रहे हो और कह रहे हो कि ईसाई बन जाओगे। धर्म ऐसे थोड़े ही बदला जा सकता है?

—तुमने क्यों बदल दिया?

कहकर राजीव ने सुलभा की ओर चुनौती से देखा कि अजीब तमाशे में डाल दिया। बोली—मैं तो मजबूरी से ईसाई बन रही हूं। काश, मेरे सामने कोई और चारा होता, तो मैं कभी ईसाई न बनती। यद्यपि ईसा में मेरी आस्था है, पर ईसाई बनकर एक गुटबन्दी में शरीक होना मैं नहीं चाहती। मुझे सिलविया में कोई आस्था नहीं है।

पर राजीव इससे नहीं माना, बोला—मैं भी कोई दिल से ईसाई थोड़े ही बनने जा रहा हूं।

एकाएक सुलभा के अन्धकारपूर्ण जीवन में कहीं से रोशनी की एक किरण झांककर मुस्करा गई। यह विचार तो अच्छा है कि ईसाई बन जाऊं पर मन से मैं वही रहूं, फिर इसमें क्या हर्ज है। हरिदयाल की शय्या-संगिनी होने की बजाय ईसा की उपासिका

होना आसान है क्योंकि ईसा क्रूस पर चढ़ चुके। वे लौटकर नहीं आने के। यह तो ईसाइयों का अहंकार-मात्र है कि ईसा कब्र से उठे। अहंकार के खूंटे के रूप में यह विश्वास अच्छा है, पर यह खूंटा ठोस अन्धकार का बना हुआ है, जो एक मिनट के लिए भी रोशनी की मार नहीं सह सकता। मुर्दे को कब से कल्पना में ही खड़ा किया जा सकता है। इसलिए यह विचार अच्छा है कि देखने के लिए ईसाई बन जाऊं, पर बनी रहूं वही जोकि मैं हूं। अब इसमें से शाखा फूटती है कि मैं क्या हूं, पर उस प्रश्न का पीछा यहां इस बहती नाली और पीठ करके खड़ी बस के पीछे होकर नहीं किया जा सकता, बोली—तुम्हारी समस्या कुछ नहीं है, भला पढ़ोगे नहीं तो कैसे काम चलेगा, फिर टाइप सीखकर कहीं क्लर्क ही बन जाओ।

राजीव को यह बात पसन्द नहीं आई, बोला—तुम हरिदयाल से क्यों नहीं शादी कर लेती? वह मुझे भी किसी काम से लगा देता, आगे पढ़ना न पड़ता।

सुलभा को अपने ऊपर बड़ा गुस्सा आया कि सवेरे-सवेरे वह क्यों निकल पड़ी? यह छोटा भाई है, पर यह भी मुझे एक बलिवेदी पर चढ़ाकर मेरा एक पौण्ड गोश्त लेकर उससे अपने जीवन का कारोबार चमकाना चाहता है। स्नेह की जगह घृणा ने ले ली। यह समझता नहीं कि शादी क्या है? विशेषकर एक अपरिचित व्यक्ति से जो एक दूसरी स्त्री के साथ सो चुका हो और दो बच्चों का बाप हो। पिताजी तो इसे पढ़ने के लिए कहते हैं, तिसपर इसकी नाराज़ी है। यहां पढ़ने को कहते तो तब चैन की बांसुरी बजती। मिस सिलविया के ज़ालिम और पर नोचनेवाले पंजों में न फंसना पड़ता।

शायद बस के चलने का समय हो गया था, इसलिए ड्राइवर या क्लीनर ज़ोर-ज़ोर से आवाज़ देने लगा—गाज़ियाबाद, मेरठ···।

आठ बजे छूटेगी। गा-जि-या-बा-द, मे-र-ठ!

समय निकला जा रहा था, कहां यह पचड़ा लग गया? पर, साथ ही सुलभा को यह ख्याल आया कि उसके सामने कुछ नहीं था, न कोई मंज़िल थी और न कोई साहिल। फिर भी इस जटिल उलझन से मन बोझिल ही हुआ, लाभ नहीं हुआ। भाई के भागने से उसे अपने पलायन पर पुनर्विचार करने का कोई कारण दिखाई नहीं पड़ा, साथ ही वह यह समझ रही थी कि जब तक वह स्वयं घर से भागी हुई है, तब तक उसे भाई को दूसरी तरह के उपदेश देने का अधिकार नहीं है। कम से कम उसका उपदेश कारगर नहीं हो सकता। निराश होकर बोली—तुम्हारी समस्या और मेरी समस्या अलग है, तुम घर लौट जाओ।

पर राजीव बोला—मेरी समस्या तुमसे मुश्किल है, तुम मुझे ईसाई बनने क्यों नहीं देता? मेरा भी उससे परिचय करा दो।

—मैं तो वहां से भाग आई हूं।

इस दोबारा पलायन की बात समझने में राजीव को कुछ समय लगा, बोला—तो तुम जहां जा रही हो, मुझे भी वहीं ले चलो, मेरे पास रेल पर जाने का किराया है।

सुलभा ने कहा—मैं रेल पर नहीं जा रही हूं, कहीं भी नहीं जा रही हूं।—कहकर उसने थकी हुई आंखों से अपने भाई की तरफ देखा और सहारे के लिए मेरट जानेवाली बस की पीठ से पीठ लगा दी।

राजीव इतना सब सोचने के लिए तैयार नहीं था। उसे तो कहीं जाना था; कहां जाना था, क्यों जाना था, यह सब उसने सोचा नहीं था। बहन मिल जाने से उसके मन में थोड़ा-बहुत भय, बेचैनी और अनिश्चयता करकरा रही थी, उसका कांटा निकल गया था। उसे सहारा मिल गया था। उसे इसकी परवाह नहीं थी कि वह

सहारा स्वयं ही लड़खड़ा रहा था और किसी भी समय आवाज़ देकर गिर सकता था।

सुलभा को स्थिति बहुत अजीब मालूम हुई। भाई ने अपनी बेवकूफी से उसकी परिस्थिति बिलकुल असम्भव बना दी थी। कुछ समझ में नहीं आया।

पर आधे घंटे के अन्दर भाई-बहन दोनों मिस सिलविया के बंगले में लौट चुके थे, और उस कमरे में बैठे थे जो सुलभा का (हंसी आती है) कमरा था, कमरा नहीं शायद जेल वाली कोठरी, जिसमें से ईसाहमसीह के नाम पर जारी गुट के लिए तोप की खुराक तैयार होनी थी।

सुलभा ने महज़ हारकर यहां लौटना स्वीकार किया था। और कुछ नहीं तो लौटकर कुछ सोचने का समय तो मिलता था। सौभाग्य से आज मिस सिलविया और उनका खानसामा (या प्रेमिक) रमज़ान दोनों बाहर गए हुए थे। कहीं शाम को लौटेंगे। तब तक शान्ति है, सोचने का समय है। यह कमरा मानो स्टेशन का प्रतीक्षालय है, जहां बैठकर सोचा जा सकता है कि किस लाइन की गाड़ी पकड़नी है।

राजीव कमरे की हर चीज़ को ध्यान से देख रहा था। छोटी-सी मेज़ और कुर्सी और उसपर सजी हुई किताबें उसे बहुत पसन्द आई थीं। ऐसा ही एक सुन्दर सपना उसके मन में संजोया हुआ था अपने कमरे के बारे में। यदि उसे ऐसा कमरा मिले और जंगले के बगल से झांकते हुए तरह-तरह के फूलों के गमले, तो शायद वह भी पढ़ सकता है। ऐसी कुर्सी पर बैठकर स्वतः मन पढ़ाई में लगता है जबकि अपने घर में ज़मीन पर फटी चटाई बिछाकर पढ़ने में विशेष कोई रस नहीं मिलता था। वह अपने से कई प्रश्न पूछ चुका था और यद्यपि वे प्रश्न थे, पर उनमें ऐसे उत्तर अंत-

निहित थे जिनसे इस वातावरण के लिए लालच की लार टपकती थी। सुलभा को यह बहुत नापसन्द आया, लगा कि भाई का रुख और दृष्टिकोण बहुत ही इतर और अपमानजनक है। वह केवल ऊपर की चमक-दमक से अभिभूत है। इस स्थिति के हर सीवन में, सारे ताने-बाने में दमन के जो रेशे फैले-बिखरे हैं, टिन के चमकीले मुकुट के भीतर की ओर जो कांटे गड़ रहे हैं, वे इसे दिखाई नहीं देते। अपने भाई के सम्बन्ध में उसे बड़ी निराशा हुई। लगा कि बाबू रमाकान्त जिस धातु के बने हैं, यह भी उसी धातु का बना है। घृणा से वह सिहर उठी, पर इतनी नहीं कि वह मिस सिलविया को उद्धारक मान ले। दोनों के प्रति जो भाव स्वतः स्फुरित होता था उसे शायद घृणा का सामान्य नाम दिया जा सकता था, बशर्ते कि घृणा की सैकड़ों किस्में मानी जाएं।

उसने राजीव को डांटते हुए कहा—तुम क्यों इस तरह व्यवहार कर रहे हो? अब काफी समय हो गया, जाओ घर चले जाओ।

अन्तिम शब्द शायद पूरी तरह उच्चारित नहीं हुए क्योंकि वही माली (माली ही होगा) दोनों के लिए चाय, टोस्ट-अंडे यह सब ले आया। सब चीज़ें छोटी-सी मेज़ पर लगाकर वह चला गया और थोड़ी ही देर में एक और कुर्सी लेकर प्रकट हुआ। फिर वह चला गया। राजीव की आंखों में पहले से कहीं अधिक प्रशंसा टपक रही थी लार की भांति। उसे लग रहा था कि उसने कोलम्बस की तरह एक नई दुनिया का आविष्कार किया है और उसकी दीदी उसे भरसक इस जादू-भरे संसार से, जहां बिना मांगे ही बढ़िया प्यालों में चाय, दूध, अंडा-टोस्ट प्रकट हो जाते हैं, निकालने की कोशिश कर रही है। वह पहले से ही एकमात्र कुर्सी पर जमा था, अब करीब-करीब चाय की तरफ हाथ बढ़ाते हुए बोला-जल्दी चाय बनाओ, बड़ी भूख लगी है।

सुलभा को लगा कि अन्तिम भूल ने उसकी पीठ और कमर तोड़ डाली है, बोली—तुम्हें शरम नहीं लगती, ऐसे बर्ताव कर रहे हो, जैसे कभी कुछ देखा न हो। यह नहीं समझ रहे हो कि कोई सुन रहा होगा तो क्या समझेगा।

राजीव इसपर नाराज़ होते हए बोला—क्या समझेगा? यही न कि मैं ईसाई होना चाहता हूं, सो तो मैं खुलकर कहता हूं कि हिन्दू धर्म में कुछ नहीं धरा है। वह पोंगापन्थ है, बहुत ही घटिया है, मैं ईसाई बनना चाहता हूं।

सुलभा समझ गई कि इससे तर्क करना खतरे से खाली नहीं है क्योंकि यह तो चिल्लाएगा और इसे भद्द की कोई चिन्ता नहीं है। सुलभा को लगा कि उठकर भाई को थप्पड़ लगा दे और यहां से निकाल दे, पर इससे कुछ होना नहीं था क्योंकि कहीं से माली सब कुछ देख और सुन रहा होगा। इसलिए उसने खून का घूंट पीकर चाय बनानी शुरू की, पर उसे ऐसा लग रहा था कि यह कमरा उसे थप्पड़ मार रहा है, प्याले उसके सिर से टकरा रहे हैं और चाय का गरम पानी उसके सिर पर पड़ रहा है।

राजीव ने कुछ अधैर्य के साथ कहा—तुम तो पहले चाय बनाने लगी। पहले तो टोस्ट पर मक्खन लगाती। इस बीच राजीव वह ढकी हुई कांच की कटोरी खोल चुका था, जिसमें वह पहले समझ रहा था कि गोमांस है, पर निकला मक्खन। बोला—भूख लगी है, टोस्ट पर जल्दी से मक्खन लगाकर दो।

मिस सिलविया की संयत पर साथ ही बहुत हिसाबी दृष्टि से, रमज़ान के दावते-इस्लाम से और माली की नीरव पहरेदारी से उसके सामने जो रहस्य नहीं खुले थे, राजीव की लोभातुर जल्दबाज़ी से उसपर वे सारे रहस्य गहराई तक स्पष्ट हो गए—अपना नंगापन लिए नंगे रूप में। उसे एकाएक लगा कि इससे तो हरिदयाल

से जिसके दो बड़े बच्चे हैं, बलात्कार होना शायद अधिक सम्मानजनक है। राजीव ने तो बिलकुल ही सारी परिस्थिति असहनीय बना दी। यह तो मनुष्य नहीं, कुत्ता लग रहा है।

भाई के अनुरोध के बावजूद, सुलभा जिस प्रकार चाय बना रही थी उसी प्रकार बनाती रही, बल्कि उसने पहिये को पीछे की तरफ घुमा दिया। उसने एक चम्मच चीनी टी-पाट के अन्दर डाली और प्याली में उड़ेली हई चाय फिर से उसमें डाल दी और उसे धीरे-धीरे चलाने लगी जैसे कोई जल्दी न हो, जैसे किसी तरह समय काटना ही उसे अभीष्ट हो।

राजीव सचमुच भूखा था, यदि वह स्वतंत्र होता तो अब तक स्टेशन में कई रुपये फूंक चुका होता। उसे बहन का धीरे-धीरे काम करना पसन्द नहीं आया, पर उसने अपने हाथों में कानून को ले लेना भी उचित नहीं समझा। इसलिए वह अप्रसन्न होकर चुप मारकर बैठ गया। यदि सुलभा के मन में भाई के विरुद्ध असंतोष था कि यह कहां से टपक पड़ा, तो बहन के विरुद्ध उसे भी असन्तोष था कि स्वतंत्र होने के लिए मैं घर से निकल पड़ा, पर ऊपर से यह ब्रेक-सी चिपट गई जैसे सिन्दबाद के कंधे पर वह बूढ़ा चिपक गया था। सामने इतना अच्छा खाना पड़ा था, भूख थी, पर यह खामख्वाह लेडी बनने के लिए (इतना तो उसने भी नई दिल्ली के एकाध सस्ते रेस्टोरेण्ट में देख लिया था) चाय को व्यर्थ में हिला रही है जैसे हिलाने की प्रक्रिया से वह चाय नहीं कुछ और हो जाएगी।

दोनों खा-पी ही रहे थे कि एकाएक मिस सिलविया और रमज़ान आ गए। दोनों उठकर खड़े हो गए, जैसे क्लासरूम में ब्लैकबोर्ड पर कुत्सित चित्र बनाते समय एकाएक हैडमास्टर आ गए हों। सुलभा के टेंटुए से टोस्ट का टुकड़ा टकरा गया, वह किसी तरह बोल पाई—यह मेरा भाई है, ईसाई बनने के लिए आया है।

कहने को तो वह कह गई, पर अपना प्रत्येक शब्द जलते हुए लोहे की तरह उसके कर्णपटह पर दग गए।

अपनी परिस्थिति की दयनीयता उसपर और ज़्यादा खुल गई। मुंह में बचा हुआ टोस्ट का टुकड़ा कड़ुवा हो गया, सूर्य की किरणें झप गई और निस्तेज पड़ गई। मेज़ पर रखा हुआ फूलों का गुच्छा जैसे सिमट गया। उसे जो बुरा लगा वह तो बुरा लगा ही, पर उसे ऐसा लगा, उसकी यह टीका या व्याख्या सिलविया या रमज़ान को भी बुरी लगी। जैसे किसी भिखमंगे ने अपनी तरफ दृष्टि आकर्षित करने के लिए दाता को बार-बार छू दिया हो। सुलभा ने देखा कि भाई बहुत खुश है। उसे न तो अपमान की ही कोई चिन्ता है, बल्कि वह तो ऐसे व्यवहार कर रहा है मानो अब स्वर्गराज्य करीब हो। अपने द्वारा किया हुआ अपने अपमान का बदला भाई के गालों पर थप्पड़ पर थप्पड़ जमाकर लेने की इच्छा हुई, पर वह कुछ कर नहीं सकी। बोली—यह घर से भागकर आया है।

मिस सिलविया और रमज़ान में अर्थपूर्ण दृष्टि-विनिमय हुआ। मिस सिलविया बोलो—बैठो, बैठो, हमारे एक मित्र का देहान्त हो गया, इसलिए पिकनिक नहीं हो सकी। अब हम लोग गिरजे पर जाएंगे, तुम लोग आराम से बैठो।

भाई और बहन दोनों बैठ गए। पर सुलभा किसी प्रकार स्वाभाविक न हो सकी। मिस सिलविया यह बात ताड़ गई, इसलिए वह रमज़ान को लेकर वहां से जल्दी निकल गई। . . . . .

11

दुष्यन्तकुमार ने बाबू रमाकान्त से कहा—आप राजीव के बारे में क्या सोचते हैं? वह कहीं न कहीं गया होगा, लौट आएगा। आप उसके बारे में कतई न सोचें। पहले सुलभा वाला मामला निबटा लें।

बाबू रमाकान्त ने निराशा के साथ कहा—मुझे तो कोई भी मामला निपटता नहीं मालूम देता। गुत्थियां बढ़ती जा रही हैं। इधर श्रीमतीजी ने भी खटिया पकड़ ली है, अब ईश्वर ही भला करे।

दुष्यन्तकुमार ने कहा—राजीव के मामले को तो आप कोई महत्त्व न दें, मैंने यह पता लगा लिया कि वह किसी दुर्घटना का शिकार नहीं हुआ। कोई भी घर ऐसा नहीं होगा जिसमें कोई न कोई लड़का एकाध बार न भागता हो। लड़की का भागना बुरी बात है और ईसाई बनना उससे भी बुरी बात है। पर लड़के तो भागते ही रहते हैं · · · ·

बाबू रमाकान्त ने दुष्यन्तकुमार की वाक्धारा को बीच में ही रोक दिया, क्योंकि उन्हें डर था कि फिर वही लेक्चर शुरू होगा कि मुसलमान क्यों बढ़ते गए, पाकिस्तान क्यों बना इत्यादि-इत्यादि। बोले—युग ही बदल गया है, मैं क्या करूं? लड़कियां अब आगे पढ़ने के लिए लड़ती हैं, अपनी शादी पर आप राय देती हैं, बात न मानी जाने पर घर से भाग निकलती हैं और लड़के कहते हैं कि हम आगे नहीं पढ़ेंगे। हमें सिफारिश के बल पर किसी ऊंची कुर्सी पर बैठा दो, क्योंकि स्वराज्य के बाद हज़ारों नालायक ऊंची कुर्सियों पर बैठे हैं और मंत्रियों को देखिए कि उस कुल में सभी बावन हाथ के निकलते हैं। इसलिए चलिए, वहीं पर चलें। आपकी ही बात

ठीक है, पहले सुलभा का मामला निबटाया जाए।

जब दुष्यन्तकुमार और बाबू रमाकान्त देर तक सलाह करने के बाद मिस सिलविया के घर पहुंचे तो सूरज एक तरफ को थोड़ा-सा ढल चुका था। मिस सिलविया और रमज़ान घर में नहीं थे। दोनों बेरोक-टोक भीतर घुस गए, उस समय भाई और बहन खाना खा चुके थे। अभी मेज़ साफ नहीं हुई थी कि दोनों पहुंच गए। बाबू रमाकान्त के आश्चर्य की सीमा न रही, जब उन्होंने देखा कि राजीव भी वहां मौजूद है। एक भयंकर करण्टवाला धक्का-सा लगा उन्हें। साथ ही उनके साथी ने यह अनुमान लगाया कि सुलभा ने ही भाई को बुला लिया होगा। सोचते ही वे समझ गए कि उनका काम तो नहीं पूरा होने का। जो यहां तक आगे निकल गई कि भाई को भी बुला लिया, वह भला स्वयं क्यों लौटने की।

घबड़ाया हुआ माली आ चुका था, वह समझ नहीं पा रहा था कि उसे क्या करना चाहिए। वह सारा किस्सा जानता था, पर इतना नहीं कि उस सम्बन्ध में स्वतंत्र रूप से कोई फैसला कर सके। यों तो वह पसन्द करता था कि उसपर सारा घर छोड़ा जाए, पर ईसाई बनाने वाले मामले में उसकी कोई सहानुभूति नहीं थी, क्योंकि वह स्वयं हिन्दू था। फिर भी वह इतना तो समझता ही था कि मालकिन की अनुपस्थिति में कोई ऐसी बात नहीं होनी चाहिए जिससे मालकिन के स्वार्थ को धक्का लगे। उसे कुछ ऐसी धारणा थी कि ईसाई बनाने पर मिस सिलविया को कुछ मिलता था, जैसे मेडिकल कालेज में मुर्दा पहुंचाने पर पैसा मिलता है। वह आकर अपनी उपस्थिति को प्रकट और स्पष्ट करने के लिए प्लेटों को आवाज़ के साथ बटोरने लगा। वह यह जताना चाहता था कि आगन्तुक यह न समझें कि घर में कोई है ही नहीं।

यदि बाबू रमाकान्त को आश्चर्य हुआ और वह उसके अतिरेक

के कारण कड़े पड़कर खड़े हो गए तो उधर सुलभा को भी काठ-सा मार गया, क्योंकि वह समझ गई कि भाई की यहां इस समय उपस्थिति का सारा दोष उसीके मत्थे मढ़ा जा रहा है। यह तो बिलकुल उस प्रकार की स्थिति थी कि एक आदमी गला कटा हुआ पड़ा है और उसके सामने दूसरा आदमी लहू से सनी तलवार लेकर खड़ा है। इस स्थिति में किसी प्रकार का प्रमाण न तो मांगा जाता है और शायद देने की हिम्मत भी नहीं होती। रंगे हाथों पकड़े जाना इसीको कहते हैं। पर सुलभा तो जानती थी कि बात बिलकुल गलत है। वह स्वयं भी शायद आज इस जाल से निकल जाती, यद्यपि उसके मन में कोई स्पष्ट धारणा नहीं थी कि वह जगह कौन-सी है जहां वह जाल से निकलकर आश्रय लेती? जल्दी में वह राजीव से बोली—जाओ, पिताजी आए हैं, उनके साथ चले जाओ। यहां तुम्हारा कोई काम नहीं।

सुलभा के ये वाक्य बिलकुल ही अप्रत्याशित थे। बाबू रमाकान्त और दुष्यन्तकुमार यह समझ रहे थे कि वह पहले से ज़्यादा गरम पड़ेगी, पर उसने तो पहले ही वाक्य में हथियार डाल दिए। राजीव ने जो पिताजी को सामने देखा, तो उसकी सिट्टी-पिट्टी गुम हो गई। वह डर रहा था कि अब बाबू रमाकान्त उसका गला पकड़कर उसे झिंझोड़ने ही वाले हैं। उसने जो बहन की बात सुनी तो उसकी सुध कुछ एक हद तक लौट आई और उसने दीवार से पीठ लगाकर प्रत्याक्रमण करते हुए कहा तो तुम भी तो चलो, तुम मुझसे अकेले जाने के लिए क्यों कह रही हो।—कहकर उसने बिलकुल सफेद झूठ बोलते हुए कहा—मैं तो तुम्हें लेने के लिए आया हूं। मुझे इन ईसाइयों—कसाइयों से क्या मतलब?

बाबू रमाकान्त और दुष्यन्तकुमार ने परस्पर दृष्टि-विनिमय किया। दोनों को अपने कानों पर विश्वास नहीं हुआ। ऐसा तो

नहीं लगा कि पूर्ण सत्य सामने आ गया है, पर साथ ही इतना तो पता लग गया कि किसी भी कारण से हो, परिस्थिति बहुत अनुकूल हो गई है और अब जो पहिया घूमेगा वह अपने पक्ष में ही घूमेगा।

सुलभा ने प्रतिवाद करते हुए पर साथ ही यह समझते हुए कि उसका प्रतिवाद असत्य समझा जाएगा, बोली—वाह, मैं तो यहां से निकल गई थी, तूने ही पीछे से पुकारा, तब मुझे फिर यहां आना पड़ा। तुम पिताजी के साथ चले जाओ।

—और तुम?

—नहीं, मैं नहीं जाऊंगी, मुझे इनसे शादी नहीं करनी है। सबको आश्चर्य हुआ कि यह क्या कह रही है। बाबू रमाकान्त चौंके और उन्होंने दुष्यन्तकुमार को आश्चर्य और बाद को संदेह की दृष्टि से देखा, बोले—सुलभा, तुम क्या क्रह रही हो! इनसे शादी करने को किसने कहा? यह तो पुलिस में बड़े अफसर हैं, महज़ हिन्दू-स्वार्थ की वजह से मेरे साथ आए हैं। इन्होंने ही मुझे खबर दी थी कि तुम यहां हो।

पर सुलभा नहीं मानी, बोली—मैं जानती हूं, ये हरिदयाल हैं।

इसपर राजीव बड़े ज़ोर से हंस पड़ा। बोला—अरे ये बाबू हरिदयाल कब हैं, उनकी तो बड़ी-बड़ी मूंछे हैं। ये तो पुलिस में हैं, तुम्हारी खबर लेकर रात को आए थे।

सुलमा को बड़ा आश्चर्य हुआ। वह तो दुष्यन्तकुमार को ही हरिदयाल समझ बैठी थी। अब यह तो स्पष्ट था कि यह हरिदयाल नहीं हैं। तब की बार पिताजी के साथ जो आया था उसपर सन्देह हुआ था कि वह शायद हरिदयाल है, पर बाद को वह सन्देह दूर हो गया था, यद्यपि इसका भी कोई कारण नहीं था, बोली—ये

हरिदयाल हों न हों, मैं नहीं जाती। राजीव, तुम जाओ।

पर राजीव पूरे सत्याग्रही की तरह बोला—जब तक तुम नहीं चलोगी, तब तक मैं भी यहीं डटा रहूंगा, चाहे कुछ हो जाए। अनशन करूंगा . . . . .

पता नहीं कैसे उसने यह अनुभव कर लिया कि उसका यह रुख पिताजी को पसन्द है और वह उसीके अनुसार बिलकुल शेर हो गया। अब पिताजी के माथे पर से सारे बल दूर हो गए थे और वह राजीव के रुख पर मन्द-मन्द मुस्करा रहे थे। दुष्यन्तकुमार भी बहुत खुश था, बोला—मैं बाल-बच्चेदार आदमी हूं। कहिए तो मैं अपनी बीवी और बच्चों को ले आऊं ताकि आपको विश्वास हो जाए कि मैं हरिदयाल नहीं हूं।

दुष्यन्तकुमार की इस चुनौती का सुलभा ने कोई उत्तर नहीं दिया, वह राजीव को सम्बोधित करती हुई बोली—तूने ही तो मिस सिलविया को थोड़ी देर पहले कहा था कि तू ईसाई बनना चाहता है। अब सारा दोष मुझपर डाल रहा है। तेरा यहां कोई काम नहीं, तू चला जा, मैं नहीं जाऊंगी।

दुष्यन्तकुमार ने बीच में बोलते हुए सुलभा से कहा—यदि आपको कोई झिझक है, तो आप मेरे घर चलिए और फिर वहां से सोच-समझकर जैसा जी चाहे करिएगा। मैं अपनी तरफ से यह वचन देता हूं कि हरिदयाल से आपकी शादी करने नहीं दी जाएगी।

सुलभा ने इसका कोई उत्तर नहीं दिया और राजीव से कहा—तू जा, मैं नहीं जाती। तेरा यहां रहना नहीं हो सकता।

पर राजीव उसी टेक पर डटा रहा—तुम चलोगी तो मैं चलूंगा, नहीं तो नहीं जाऊंगा।

—मैं ईसाई बनूंगी। तू बनेगा?

—जब तुम बनोगी तो मैं भी बन जाऊंगा।

सुलभा को बड़ा क्रोध आया, बोली—न चाहते हुए भी केवल मेरे कारण तू धर्म छोड़ देगा?

राजीव ने इसपर व्यंग्य करते हुए कहा—जब तुम घर से निकली थीं, तो क्या ईसाई बनने के इरादे से निकली थीं?

सुलभा को ऐसा लगा जैसे उसको थप्पड़ लग रहे हैं। इस समय मिस सिलविया या रमज़ान आजाते, तो शायद स्थिति संभलती, नहीं तो पैर के नीचे से जमीन बराबर खिसकती जा रही थी। यदि बाबू रमाकान्त न मौजूद होते तो वह रो पड़ती, राजीव पर पिल पड़ती, पर यह तो पराया घर था। (हाय, अब तो अपना घर कोई भी नहीं था!) बाबू रमाकान्त मौजूद थे, जिन्हें चुनौती देकर वह निकल आई थी, इसके अलावा यह अजनबी व्यक्ति था, जो पता नहीं कौन है। वह बोली—राजीव, तुम जाओ।

पर राजीव टस से मस नहीं हुआ। वह समझ रहा था कि उसे पिता तथा दुष्यन्तकुमार का नैतिक समर्थन प्राप्त है।

घंटे भर से ऊपर यह झगड़ा चलता रहा। माली बर्तन ले गया। फिर उसने मेज़ साफ की, फिर कमरा ठीक करने के बहाने से वह पास ही डटा रहा, फिर ऊबकर वह भी कहीं चला गया। इस बीच बाबू रमाकान्त और दुष्यन्तकुमार कुर्सियों पर जम चुके थे। अब तो वे नाटक के दर्शक-मात्र रह गए थे। असली रस्साकशी तो भाई और बहन में चल रही थी। ये दोनों बीच-बीच में राजीव को नैतिक समर्थन दे देते थे। स्पष्ट था कि सुलभा ऐसे पेंच में पड़ी थी कि उसमें से वह किसी प्रकार निकल नहीं पा रही थी। वह यह भी समझ रही थी कि माली ने जो कुछ सुना था, और क्या पता रमज़ान और सिलविया भी इस बीच में आ गए हों और चुपके-चुपके सुन रहे हों, इससे उसकी स्थिति काफी खराब हो चुकी थी। एकाएक उसने थककर हथियार-सा डालते हुए कहा—मैं घर तो

कभी नहीं लौटूंगी। मैं इनकी पत्नी के पास जाने के लिए तैयार हूं, फिर मैं अपना फैसला आप करूंगी।

फिर तो सारा काम मिनटों में हो गया। किसीने मिस सिलविया का घर छोड़ते हुए यह घूमकर भी नहीं देखा कि कौन पीछे से देख रहा है।

पहले तो सुलभा सचमुच दुष्यन्तकुमार के घर में गई, पर वहां उसने वातावरण इतना प्रतिकूल पाया और पता नहीं और क्या-क्या बात हुई कि सन्ध्या समय तक वह अपने घर में थी और बाबू रमाकान्त चिल्ला-चिल्लाकर मोहल्ले वालों को सुनाते हुए कह रहे थे—बस, जब देखो तब कहते हैं, मामा के घर जाऊंगी, पर देख लिया कि मामा भले ही रखे, पर मामी चार दिन रोटी नहीं दे सकती। अपना ही घर सबसे अच्छा होता है, नहीं तो सब मामा के ही घर रहते।

12

सुलभा घर तो लोट आई, पर घर बिलकुल बदला हुआ था। पहले ही घर असहनीय हो चुका था, पर पहले वह तवा था तो अब चूल्हा बन चुका था। उसे किसी प्रकार की कोई आज़ादी नहीं रह गई थी। मन पर से वह पत्थर तो उतर गया था कि अपनी इच्छा के विरुद्ध महज़ परिस्थितियों की ज़बर्दस्ती के कारण ईसाई बनना पड़ रहा था। पर हृदय में कोई शान्ति नहीं थी। मां तो हमेशा सिफर ही रही और अब तो वह बिलकुल डरी-सहमी हुई थी। सुलभा को कुछ ऐसा अनुभव हुआ कि मां उससे कुछ छूत-सी मानने लगी है। एक बार भी उसे ऐसा कोई काम नहीं दिया जिससे यह

धारणा कहीं से फटे। वह स्वयं सारी ज़िन्दगी बिना किसी व्यक्तित्व के जीती रही, अब उसका उपयोग अपनी बेटी के व्यक्तित्व को तोड़ने के लिए हो रहा था। सुलभा को मां पर इतनी दया आती थी कि वह घृणा की मात्रा तक पहुंच गई थी।

बाकी रहा राजीव, सो दोनों में सब तरह का सम्बन्ध मिस सिलविया के घर के उस दृश्य के बाद समाप्त हो चुका था। राजीव या सुलभा उस दृश्य के विषय में किसीको कुछ, यहां तक कि आपस में भी कुछ, कह नहीं सकते थे। वह दृश्य उन दोनों के बीच एक लाश की तरह दिन को खड़ा रहता और रात को लेटा रहता, और उसमें से उत्तरोत्तर और अधिक बदबू आ रही थी। अब राजीव सम्पूर्ण रूप से बाबू रमाकान्त का ही एक लघुरूप बन चुका था। वह दिन-रात सुलभा पर निगरानी रखता था। जब मां नहीं होती थी तो राजीव होता था और जब राजीव भी नहीं होता था तो बाबू रमाकान्त होते थे।

सुलभा के लिए अब पहले की तरह चुपचाप निकल भागना संभव नहीं था। वह तो देख चुकी थी कि बाहर की दुनिया उसका स्वागत करने को तैयार नहीं थी। पर अन्धकार में छलांग के रूप में या मिस सिलविया के यहां लौटने के लिए भी गुंजाइश नहीं थी। वह अपने घर में कैदिन हो चुकी थी। उसे कुछ बताया नहीं जाता था, पर उसे पता था कि भीतर ही भीतर कुछ हो रहा है, खदबदा रहा है, चुर रहा है, जिसका सम्बन्ध उससे ज़रूर है। लगता था उसीका गोश्त चुर रहा है, उसीकी हड्डियां पक रही हैं।

एक दिन एकाएक (एकदम एकाएक तो नहीं) उसे बताया गया कि आज उसकी शादी है और यथासमय उसी हरिदयाल के साथ उसका गठबन्धन कर दिया गया, जिसकी सम्भावना से वह घर से निकल पड़ी थी। सभी कुछ उस प्रकार से हुआ जैसे बलि

के बकरे के साथ होता है। न किसीने उससे कुछ पूछा, न किसीने उसकी राय ली। और सब कुछ देखने में तो शान्ति से, पर असल में समाज के दंड के ज़ोर से हो गया। सनातन धर्म का डंका बजा और उसकी जय हुई, क्योंकि अब ईसाइयों का राज्य नहीं था, अब 'इंडिया देट इज़ भारत' में लोकतान्त्रिक गणराज्य था, जनता के वोटों से शासन होता था। संविधान ने पुरुषों और स्त्रियों को बराबरी दे दी थी।

बाबू रमाकान्त ने हरिदयाल को यह समझा दिया था, उसी प्रकार से जिस प्रकार से पुलिसवाले जेलर को कैदी 'हैण्डओवर' करते हैं, कि और सब तो ठीक है, पर लड़की में एक गड़बड़ यह है कि वह कभी-कभी घर छोड़कर निकल जाती है। उसे उस समय पता नहीं होता कि वह कहां जा रही है, क्या कर रही है, उसकी हालत उस समय उस तरह होती है, जैसे नींद में चलनेवाले की होती है। हरिदयाल यों ही सावधान था, वह जानता था कि दूसरी बार शादी करनेवाले को यों ही सतर्क रहना चाहिए, क्योंकि कुछ ज़माना ही ऐसा है, और दस्तूर तो है ही। उसने अपने दो बच्चों को कह दिया कि नई मां कुछ बीमार हैं, इसके अलावा उसने एक नौकरानी रख ली, जिसका काम ही था सुलभा पर निगरानी बनाए रखना।

सुलभा शादी के दिन से यह चाहने लगी कि वह भाग निकले, पर मौका नहीं लगा। फिर उसने हरिदयाल के घर में जाकर यह चेष्टा की कि हरिदयाल को अपने पास आने न दे, पर हरिदयाल बिक्रीकर और आयकर सम्बन्धी कानूनों को जानने के साथ-साथ यह भी जानता था कि पत्नी पर बलात्कार करने का अधिकार कानून से सुरक्षित है, इसलिए जब सुलभा ने प्रतिरोध किया तो वह एक भूखे भेड़िये की तरह उसपर टूट पड़ा। जो बाधाएं आई

उन्हें उसने हाथ और दांत से फाड़ डाला, जैसेकि गुरिल्ला के वंशज होने के नाते उसका जन्मसिद्ध अधिकार था।

जब सुलभा बिजली के सामान के व्यापारी, प्रेमहीन पर हाथ-परों से ज़रूरत से ज़्यादा मज़बूत हरिदयाल के आलिंगन में छटपटा रही, थी तो उसके सामने सिनेमा के पर्दे की तरह सिलविया, रमज़ान आदि नाच गए और ऐसा लगा कि वे तो उद्धारक थे। अपने वश में पाकर भी किसी मौके पर इन लोगों ने किसी प्रकार की कोई ज़बर्दस्ती नहीं की। न कुछ छिपाया और न कोई गलत बात कही। पर सिनेमा की तस्वीरें उसे बचा नहीं सकती थीं। हरिदयाल के आलिंगन को उसे कबूल करना पड़ा और इतनी बार कबूल करना पड़ा कि अन्त में उसने यह अनुभव किया कि अब वह अकेली नहीं रही, उसके अन्दर एक दूसरे जीव का आगमन हो चुका है।

कोई उत्साह नहीं अनुभव हुआ। भागने की जो इच्छा थी वह धीरे-धीरे शिथिल होकर मर गई और वह एक आदर्श कुलवधू बन गई। इस स्थिति में भी उसने एकाध बार आत्महत्या करने की बात सोची, पर मिट्टी के तेल का टिन सिर पर उड़ेलकर आग लगा लेना या धरनी पर से गले में फंदा लगाकर झूलना आकर्षक नहीं लगा। इसके अलावा मौका भी नहीं था, क्योंकि वह नौकरानी थी, जो उसपर हर समय दो जलती आंखें लगाए रहती थी।

जीवन इसी प्रकार चलता गया। बीच-बीच में बाबू रमाकान्त आते थे, कुछ उधार लेने, जिसे वह कभी वापस नहीं करते थे। पिता और पुत्री में कोई ऐसा सम्बन्ध नहीं रह गया था, जो हृदय से ताल्लुक रखता हो। वह बाबू रमाकान्त के आने पर काम में लग जाती थी, फिर भी वह भीतर आकर बेटी से मिल लेते थे। यों तो रमाकान्त बाबू को न हिन्दू सभा से मतलब था और न और किसी संस्था से, पर अब वह, और किसीसे तो डींग नहीं

मार सकते थे पर दुष्यन्तकुमार से ज़रूर अकेले में डींग मारते थे—देखो, मैंने कितना बड़ा कार्य किया। ईसाइयों को मेरे सामने मुंह की खानी पड़ी।

दुष्यन्तकुमार इसमें ज़्यादा उत्साह नहीं दिखाता था क्योकि उसका कहना था कि जब वादा करके बेटी को वापस बुलाया, तो हरिदयाल से उसकी शादी नहीं करनी चाहिए थी, पर रमाकान्त से जब भी यह बात इंगित से कही जाती तो वह कहते—भावुकता से कोई भी बड़ा काम नहीं होता। किसी नातजुर्बेकार व्यक्ति के पल्ले पड़ती, तो वह सम्भव है फिर उस छिनाल सिलविया के यहां पहुंचती। पर अनुभवी होने के कारण उसने किस प्रकार उसे एक आदर्श कुलवधू बना लिया, यह किसी दिन मेरे साथ चलकर देखो। मैं जाता हूं तो मुझसे भी मिलने की फुरसत नहीं होती घर और बच्चों में वह इतनी घुलमिल गई है। दुःख तो होता है कि पराई हो गई, पर किस बाप को इसपर सुख न होगा कि वह सुख पा रही है और दे रही है!